> # RACHID AL-DAIF

tradução **Felipe Benjamin Francisco**

E QUEM É MERYL STREEP?

Tabla.

NOTA DO TRADUTOR

Rachid Al-Daif é autor de uma obra multifacetada com narrativas bastante variadas, de modo que seus livros estão longe de seguir uma fórmula única com a finalidade de ser *best-sellers*. Em sua obra, encontramos desde romances históricos até relatos autobiográficos que se situam numa zona cinzenta entre ficção e real.

Por questão de estilo, em muitos de seus livros Al-Daif utiliza o recurso de nomear seus protagonistas narradores com seu nome, "Rachid", provocando no leitor a suspeita de que este está se inteirando das histórias pessoais do autor. Essa característica se revela pela primeira vez em seu livro *Prezado Senhor Kawabata* (1995), em que Rachid trava um monólogo na forma de cartas endereçadas ao escritor japonês Yasunari Kawabata, relatando-lhe suas memórias familiares anteriores aos tempos da Guerra Civil libanesa, ao mesmo tempo que reflete sobre o que é ser um "oriental".

Já em *Learning English* (1998), o protagonista compartilha dados biográficos com o autor para além do nome, como o cargo de professor numa universidade americana e o fato de ser natural de Zgharta, no norte do Líbano. Na esteira desses romances, em *E quem é Meryl Streep?* (2001) narrador e autor mais uma vez se confundem, mas desta vez unicamente pelo uso do nome *Rachud* (رشود), isto é, o diminutivo do nome próprio "Rachid" (رشيد). Embora este último não apareça no texto, preferi traduzir o apelido afetuoso — ainda que irônico, como se notará —, por "Rachid querido", exatamente para explicitar esse elo narrador-autor presente em sua obra.

Esses recursos estilísticos proporcionam ao leitor a sensação de entrar na intimidade de um personagem real, o que, segundo Al-Daif, aumenta o prazer da leitura, pois o ser humano naturalmente se satisfaz com a "bisbilhotice", ou *básbassa* em árabe, termo que pode ser entendido até como "voyeurismo"! Nesse sentido, seus personagens consistem em pessoas comuns sem nenhum papel heroico nem investidos de grandes missões. Segundo o escritor libanês, nesse quesito, ele se apoia no estilo dos textos da tradição árabe clássica, como é o caso de *As mil e uma noites*.

Ainda no que diz respeito ao estilo, a linguagem do romance consiste num árabe-padrão, claro e sem rebuscamentos, que pode ser compreendido por leitores de todas as partes do mundo árabe. No entanto, é interessante destacar como o autor reproduz uma tendência contemporânea da língua literária que permite intromissões do árabe dialetal — quase que exclusivo da oralidade — não só nos diálogos, como no vocabulário do narrador, que faz uso de interjeições ou expressa suas reflexões e questionamentos no dialeto libanês. Essa linguagem foi pensada para servir à estrutura deste romance em específico, isto é, uma narrativa não linear que segue o fluxo de lembranças, opiniões e obsessões de um moralista tarado. A solução da tradução brasileira foi deixar marcas de oralidade no texto em português.

O título do livro por si já indica que não se trata de um romance convencional: *Tistifil Meryl Streep* (تصطفل ميريل ستريب). Sua peculiaridade é empregar o verbo dialetal *yistifil* (يصطفل), de uso corrente no Líbano e em países vizinhos, mas completamente ausente dos dicionários da língua-padrão. A etimologia mais provável, a meu ver, é a de Ahmed Rida em seu dicionário de árabe dialetal. O estudioso sugere que o termo resultou de uma metátese, com certas modificações fonéticas, de um suposto verbo *yiftisil* (يفتصل) — "separar-se". O termo *yistifil* costuma ser empregado para demonstrar certa indiferença ou desprezo com relação a alguém e a suas atitudes, podendo ser traduzido em português como "deixa ele pra lá", "não estou nem aí pra ele", "o problema é dele", ou um simples e enxuto "dane-se". Essas nuances se revelaram nas diferentes traduções do título, como se vê no italiano *E chi se ne frega di Meryl Streep!*, ou no tom agressivo do espanhol e do francês: *¡Al diablo con Meryl Streep!* e *Qu'elle aille au diable, Meryl Streep!*. Já no inglês, as tradutoras foram mais criativas, ao decidirem por *Who's afraid of Meryl Streep?*, recorrendo à intertextualidade com o título da peça *Who's afraid of Virginia Woolf?*, de Edward Albee, com adaptação para o cinema. Quanto ao português, a opção por *E quem é Meryl Streep?* buscou reproduzir não só a indiferença expressa pelo verbo árabe, como também o desdém e o despeito do protagonista pela atriz, cujos hábitos "ocidentais" podem vir a servir de modelo à mulher libanesa idealizada pelo personagem.

Além do uso do árabe-padrão e do dialeto libanês, despontam na fala dos personagens expressões em inglês e francês, refletindo o cenário multilíngue habitual da cidade de Beirute. Cada uma dessas línguas desempenha um papel dentro da narrativa, de modo que o francês está associado ao protagonista e o inglês à sua esposa. A dominação francesa entre 1916 e 1946 deixou como herança a língua francesa nas instituições de ensino do país e está normalmente associada aos cristãos. Já o inglês desponta no texto como língua da globalização e como veículo de valores morais assustadores.

O choque entre os valores dos recém-casados, com sua manifestação mais clara na cama, é descrito pela ótica do protagonista machista. Por essa razão, quando o assunto é *E quem é Meryl Streep?*, Rachid Al-Daif se preocupa em desfazer mal-entendidos e escapar das saias-justas que a conduta do seu homônimo possa ter lhe causado. O autor sempre reforça que é sua intenção construir personagens repulsivos aos quais tem medo de se assemelhar.

A verdade é que o Rachid das próximas páginas talvez seja um dos personagens masculinos mais odiosos que você já encontrou.

Felipe Benjamin Francisco
São Paulo, junho de 2021

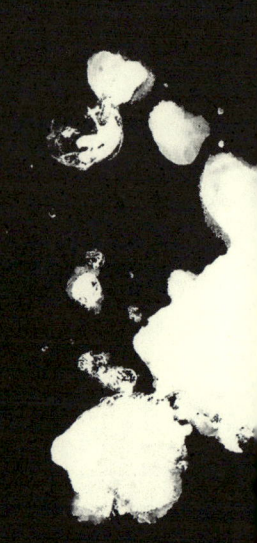

E QUEM É MERYL STREEP?

Não foi na tela do meu televisor que vi o presidente americano George Bush anunciar o nascimento da Nova Ordem Mundial, e sim na tela do aparelho dos pais da minha esposa, com quem passávamos quase todas as noites depois de casados.

Não tínhamos televisão no início do casamento porque preferimos comprar primeiro o necessário: antes de qualquer coisa, a cama, depois o fogão, a geladeira, os móveis da sala e as cortinas — afinal, o apartamento que alugamos não tinha veneziana e ficava muito exposto ao sol, à luz e aos olhos dos vizinhos, sobretudo porque éramos recém-casados.

Para piorar, meus sogros eram assinantes da tevê a cabo e conseguiam sintonizar cerca de oitenta canais internacionais, árabes e locais. Quase todos transmitiam, ao longo de vinte e quatro horas diárias, uma quantidade inimaginável de programas e filmes na maioria das vezes bastante diferentes entre si. Os assuntos, formatos, cores e idiomas eram muito variados, mas, sobretudo, havia grande diversidade quanto aos costumes e à moral, de modo que o assinante se transportava num piscar de olhos da Idade Média aos tempos que ainda estão por vir, e de lugares sagrados de culto a boates e clubes noturnos.

E é claro que havia a CNN, por onde acompanhávamos a transmissão de cenas ao vivo da Guerra do Golfo e do bombardeio do Iraque, minuto a minuto.

No entanto, para dizer a verdade, naquela noite não prestei muita atenção no que o presidente americano dizia, por isso não percebi que ele usou a expressão "Nova Ordem Mundial", pois é da minha natureza não conseguir assistir e escutar ao mesmo tempo quando estou diante do televisor: ou escuto, ou assisto. Não é tão complicado se o apresentador estiver ocupando a tela inteira com a cabeça e parte do tronco, mas a coisa se complica quando os acontecimentos são transmitidos por um comentarista completamente oculto, como ocorre, por exemplo, nos telejornais. Daí eu me perco de uma vez, não escuto mais o que o comentarista diz nem vejo o que está passando diante dos meus olhos. Como minha mulher disse, é como se eu estivesse "dentro de um carro que acelera quando você pisa no freio", a ponto de eu me ver obrigado a interpelar quem está à minha volta sobre o que está acontecendo, exatamente como meu pai, que grudava o rádio no ouvido e pedia silêncio para conseguir se concentrar no que ouvia e, assim que terminava a notícia, afastava o rádio e perguntava: "O que foi que ele disse?", sem nunca se queixar da sua audição, o que fazia com que gargalhássemos sem dó nem piedade exatamente como aquelas crianças que apareciam na capa dos antigos livros escolares. E, no fim das contas, ele esboçava um leve sorriso.

Antigamente, eu pensava que esse problema era próprio da geração que me precedeu, pois eles ainda não tinham se acostumado com esses aparelhos, porém o que vale para essa geração também vale para mim, já que, assim como eles, ainda não me acostumei com os aparelhos.

Não tenho ideia do que fez minha sogra dizer: "Você gosta de tevê, não é, Rachid querido?!". Parecia mesmo que eu gostava tanto assim de televisão? Achei estranho. Se dependesse de mim, eu não passaria tanto tempo sentado na frente do televisor, mas minha esposa praticamente me obrigava àquilo. Ou será que minha sogra queria dizer o contrário, isto é, que eu não gostava de ver tevê, ou pelo menos que não estava demonstrando tanto interesse quanto deveria, naqueles momentos de distanciamento, como se fosse algo errado?

Também é verdade que não prestei atenção no que o presidente George Bush dizia não só porque eu sou assim, mas porque minha cabeça estava preocupada com outra coisa, já que minha mulher rejeitava a ideia de dormirmos no nosso apartamento, insistindo em ficar perto da mãe, na casa dos pais, onde ainda se sentia mais livre e segura em comparação com qualquer outro lugar. Quando eu insistia, ela me respondia: "Vá você e durma sozinho, se está sentindo tanta falta de casa assim!". Na verdade, eu não sentia tanta falta de casa, mas sentia falta da minha esposa, essa é a verdade. Eu só podia desfrutá-la em casa, pois na casa dos meus sogros não gozávamos da mesma liberdade que era possível ter em casa; os pais dela despertavam ao menor movimento e a cama em que dormíamos fazia barulho toda vez que mudávamos de posição, e isso servia de desculpa para acabar com meu barato.

É claro que não era necessário que eu esclarecesse ou declarasse tudo isso à minha esposa, pois ela sabia muito bem o que eu queria por trás da minha insistência. Mesmo assim, eu lhe disse: "Não sinto falta de casa, sinto falta de você!", e ela respondeu: "Acabamos de dormir juntos!", insinuando com isso que nós "dormimos" juntos no fim da tarde, um pouco antes de irmos para a casa dos seus pais. Então eu disse: "Eu não me sacio de você!".

Ela revidou: "Eu já estou saciada até demais!".

Com essa última afirmação, ela parecia insinuar coisas muito sérias que naquele momento preferi entender do meu jeito, ou como a situação me permitia.

Ela não estava a fim de sexo naquela tarde à qual se referiu, mas eu insisti e ela cedeu, mesmo sem participar. De toda forma, fez-me chegar aonde eu queria usando a mão, muito embora tenha explodido de raiva ao perceber que eu observava atentamente o modo como ela se esquivava do meu sêmen, como se fosse algo sujo. O jeito de se esquivar sugeria que tinha muita experiência no assunto. Depois do ocorrido e do que ela chamou de "cochilo", minha vontade de possuí-la aumentou e, em vez de relaxar, fiquei excitado como nunca tinha ficado em toda a minha vida. Era como se aquele tipo de masturbação tivesse trazido de volta sentimentos pré-maritais de privação, quando não se tinha nenhuma mulher em vista — e, mesmo se alguma aparecesse, eu não tinha nenhum lugar onde desfrutá-la. Dessa forma, eu recorria à prática a fim de suprir aquilo que não podia ter. Quando minha esposa saiu de pijama do quarto, declarando dessa maneira sua decisão de ficar na casa dos pais, quase a comi de desejo. Fui atrás dela, tocando-a, abraçando-a, beijando-a e tomando outras iniciativas desse tipo, constrangendo sua mãe, que, em vez de sair do local para que agíssemos livremente, marcava presença ao nosso lado, mantendo-se por perto sempre que estávamos juntos.

Não era bem isso que acontecia quando eu visitava a filha dela antes do casamento. Tudo muito estranho.

Naquela noite, tive que voltar sozinho para o meu apartamento.

Nem prestei atenção na expressão que o presidente George Bush usou na ocasião, não me passou pela cabeça que ela teria todo esse valor histórico. Mais tarde, li nos jornais libaneses daqui, e ouvi nas rádios oficiais do governo e nas estações estrangeiras de língua árabe, sobretudo na rádio London, que a expressão utilizada no seu discurso iria designar o período histórico que se aproximava em todo o planeta, podendo perdurar por dezenas ou talvez até centenas de anos.

Ou seja, presenciei um momento histórico sem me dar conta disso.

Algo mais me distraíra diante da tela, se não me falha a memória: era a incompatibilidade entre a voz do presidente, sua imagem e sua posição. Na minha cabeça, não era de Bush a voz que saía da sua boca, e sim a de outro homem, minúsculo, do tamanho de uma bola de gude, que ficava dentro da garganta dele. Dessa forma, o presidente Bush movia os lábios e nos fazia acreditar que aquela voz era emitida por ele. A voz de Bush não condizia nem com sua imagem nem com sua função, e muito menos com suas responsabilidades como presidente do país mais poderoso que existe, aquele que consumou a derradeira e definitiva vitória sobre a grandiosa União Soviética, detentora dos imponentes exércitos soviéticos. É necessário que o dono do mundo, o chefe do planeta, tenha uma voz que seja perfeitamente compatível com sua importância e que saia diretamente da sua boca. O impressionante é que Bill Clinton, o presidente que o sucedeu, também sofria de nítidos problemas na voz.

Em dado momento eu quis quebrar o silêncio que se instaurara entre nós — entre mim e minha esposa —, pois nós dois manifestávamos um descontentamento mútuo; no meu caso, porque fui vencido, e no caso dela porque foi impelida a me vencer. Então, dirigi-me a ela com uma pergunta: "Você gosta dessa voz?".

Ela respondeu do jeito habitual, com aquelas respostas espontâneas: "O som da sua televisão é melhor?".

Minha intenção não era criticar o som da televisão da mãe dela — embora de fato o som não fosse muito nítido —, e sim saber a opinião da minha mulher sobre a voz do presidente Bush.

Eu tinha que comprar uma televisão sem mais delongas, e precisava ser determinado na minha decisão. Não podia adiar mais a compra — como de costume —, para que não restasse uma só desculpa para ela dormir na casa dos pais, e muito menos para que dissesse: "Mas não tem nada nesta casa!".

Certa vez, ela foi ainda mais longe, comparando nossa casa a um túmulo, dizendo com todas as letras: "Isto aqui é um túmulo!".

Isso não se diz! Talvez ela tenha razão quando fala que uma casa sem televisor é uma casa sem vida, porém compará-la a um túmulo é completamente inaceitável. Foi então que levantei a voz, na cara dela, e a repreendi.

Isso mesmo! Eu a repreendi!

Disse-lhe que não era certo falar daquela forma!

"Que blasfêmia! Olha a boca!"

Envergonhada, ela se enfiou no nosso quarto e trancou a porta por uma longa hora. Chorava tão alto que dava para ouvi-la. Depois de se acalmar e sair, aproximei-me, abracei-a e pedi desculpas. Ela não respondeu, e também não apoiou a cabeça no meu ombro em sinal de receptividade às minhas desculpas. No entanto, senti que meu pedido de desculpas atingira o fundo do seu âmago, de forma que para mim foi suficiente perceber esse sentimento para perdoá-la. E, mesmo depois de perdoá-la, eu ainda não via nenhuma razão para que ela tivesse falado daquela maneira, afinal, comparar a casa a um túmulo é muito chocante, um sinal de mau presságio e prenúncio de que uma tragédia se aproxima — e foi exatamente isso que aconteceu —, a não ser que menosprezemos princípios invioláveis como a vida, o matrimônio e os filhos — ainda que no ventre da mãe.

Eu não podia esperar mais para comprar um televisor — não só pela minha esposa, mas por tudo o que eu perdia sem o aparelho, pois nele se passa tudo: a história, a geografia e até a astronomia. Os astros vão aumentando de tamanho, expandindo-se no televisor com seus segredos até o infinito. Que privação eu senti quando ocorreu o eclipse do ano passado. Todos os televisores e meios de comunicação recomendavam que as pessoas não saíssem de casa durante o fenômeno do eclipse para evitar que olhassem diretamente para o sol que desaparecia atrás da lua, com o risco de cegar a todos. De fato, todo mundo permaneceu em casa, assistindo à cena do eclipse no sofá — menos eu, pelo simples fato de não ter uma televisão. Saí perambulando pelas ruas vazias de Beirute, que costumavam estar sempre lotadas; eu estava tenso, sentindo-me sufocado, pronto para atacar o primeiro que aparecesse. Foi quando vi ao longe um jovem que, da porta da sua casa que dava para a rua, espiava o lado de fora com extrema precaução. Censurei-o rispidamente, dizendo: "Ponha essa cabeça pra dentro!"; e corri para pegá-lo (ou pelo menos fiz de conta), e com isso ele recolheu imediatamente a cabeça para dentro, batendo a porta com força, e mesmo assim cedi a meu impulso gritando em direção à porta. Em seguida ouvi a mãe dele gritar com ele também, dizendo-lhe que era um menino teimoso e mau por se expor ao perigo, que ele poderia prejudicar os irmãos, além dela própria, e tentou atingi-lo com algo que acabou acertando a porta. Olhei para o sol rapidamente, enquanto ele se escondia atrás da lua, o que fez meus olhos lacrimejarem. Olhei outra vez, enquanto ele aparecia do outro lado da lua, e meus olhos tornaram a lacrimejar. Temi que fizesse mal à minha vista e fiquei bem arrependido. Contive o ódio extremo que sentia de mim mesmo, do meu modo de vida, do desleixo com minhas coisas. Seria esse o motivo de me encontrar assim: sem esposa e sem filhos com os quais assistir, no escuro do meu lar, ao eclipse solar no Líbano e em outras regiões do mundo, na tela do meu próprio televisor!? Eu não tinha nada para dizer àqueles com quem me encontrei depois do eclipse, ao passo que todos estavam comentando, admirados! O que eu poderia dizer, já que não consegui ver nada? Afinal, tinha passado aquele momento histórico — o último grande eclipse do segundo milênio da era cristã — na rua, angustiado pelo fato de a luz do sol desaparecer ao meio-dia e as ruas de Beirute estarem vazias, com todas as janelas fechadas, como se cinzas nucleares estivessem se espalhando pouco a pouco pela cidade havia mais de um dia.

SONY!

Não hesitei em escolher a marca do aparelho que saí para comprar: Sony! Disse ao dono da loja que queria uma "Sony original", pois sei (afinal sou daqui!) que no mercado há uma "Sony" fabricada em outros países asiáticos, como Taiwan e Malásia, vendida como se fosse original. A Sony original é mais cara, por isso fiquei atento para que não me vendessem uma falsificada como original e pelo preço da original. Como pretexto, pedi para ver um aparelho e o vendedor me indicou o botão de ligar, dizendo que na Sony falsificada sua posição é à direita, e não à esquerda. Foi quando eu disse: "Por favor, me mostre uma não original", e ele respondeu que na sua loja não entrava esse tipo de produto ("não trabalho com mercadoria pirata"). Então me mostrou várias outras marcas: Philips, Grundig, Goldstar. No entanto, eu estava determinado: Sony! Está certo que as marcas europeias, e sobretudo as alemãs, em geral não são ruins no que se refere à qualidade, mas a corrente elétrica é muito importante aqui, pois não se fixa nos 220 volts, fica sempre oscilando, e a Sony é fabricada para se adequar a qualquer condição. Durante a guerra no Líbano, as pessoas que tinham uma Sony conseguiam iluminar a casa inteira com ela quando chegava uma corrente com força de 70 ou 80 volts, já que uma lâmpada não iluminava nada com a mesma corrente. Às vezes, o estado da corrente elétrica ainda faz lembrar os tempos da guerra. E depois, tudo o que é eletrônico em princípio vem do Japão. É por isso que a fama deles é ótima, e eles a merecem. O mais importante disso tudo é que minha esposa não poderia se queixar, dizendo: "Por que você não comprou uma marca melhor que a Sony?". E a prova de que eu estava certo foi o fato, inesperado, de mais tarde ela me dizer, ao ver o aparelho: *"Sony is the best!"*.

Na noite anterior à compra da televisão, eu tinha me masturbado agarrado a ela na cama, sobre uma parte nua do seu corpo, com calma para não despertá-la, mas ao voltar do banheiro, depois de me lavar, ela estava acordada e me perguntou: "Você não dormiu ainda?". Respondi que estava me limpando e ela me perguntou: "Limpando o quê?". Respondi o motivo e ela soltou: "Ai de você, se tiver me sujado!", e, enquanto dizia isso, apalpava o corpo para se assegurar do ocorrido.

Antes de dormir, eu disse a ela: "Amanhã teremos uma televisão, custe o que custar! Não vou voltar atrás desta vez, não vou mudar de ideia, e vou assinar a tevê a cabo imediatamente!". Ela retrucou: "Vai ser a melhor coisa que você já fez na sua vida". Em seguida me aproximei dela enquanto ela me dava as costas e pressionava o quadril contra mim, num gesto de gratidão. Porém bastaram alguns instantes para ela voltar atrás e dizer: "Mas isso não significa que vou deixar de dormir na casa dos meus pais".

"Não é normal o quanto essa menina é apegada à mãe!", murmurei, como se estivesse falando comigo mesmo, de modo que minha opinião chegasse a ela, mas sem que ela se sentisse obrigada a me responder.

Essa moça gosta muito da mãe. Não conheço nenhuma outra jovem que goste tanto assim da mãe. Mal chega na casa dos pais, dá um beijo no pai e logo o esquece, nem se lembra de que ele está em casa. Depois começa a perseguir a mãe e não a larga mais nem por um minuto. É só: *"Mama! Mama!"*, o tempo todo. Quanto a mim, ela me esquece, como se eu não fosse quem sou.

No fim das contas, eu é que vou comprar uma televisão para ela amanhã e assinar a tevê a cabo por ela. Eu é que decidi ser o marido dela, mesmo depois de ela ter perdido as esperanças de se casar, e não por não ser desejada, mas por ser difícil, e — para ser sincero — ela não é nenhum poço de beleza. Talvez alguns nem a achassem bonita, apenas comum. Estava chegando aos trinta sem esperança de se casar, pois almejava alguém de nível superior ao seu (ela pensa grande), o mais superior que conseguisse. Com certeza ela sonhava com uma pessoa melhor que eu (melhor em quê?), mas aceitou se casar comigo porque cansou de ficar de nariz empinado, além de eu ser conveniente para ela. Casou-se comigo depois de um cálculo frio e racional, contudo seus sentimentos por mim deveriam crescer e florescer rapidamente. Sou cinco anos mais velho, a diferença ideal entre um homem e uma mulher, ainda mais no caso da mulher, como é natural — mais que isso é muito, e menos que isso é pouco.

Tempos atrás, contei a ela que havia encontrado por acaso uma mulher que fora apaixonada por mim, e que essa mulher havia ficado roxa de tão embaraçada quando comentei que tinha me casado. Não contei, porém, que certa vez, muitos anos atrás, essa mesma mulher se irritou de maneira difícil de descrever porque evitei falar com ela ao vê-la num café, um dia depois de termos ficado a sós no apartamento de um amigo. Vou contar a ela essa parte só amanhã, depois de ter comprado a Sony de 23 polegadas e o suporte móvel de rodinhas Berlioz. Mesmo assim, não vou mencionar a verdadeira razão pela qual não falei com a mulher.

Gosto de contar esses casos à minha mulher para ela não achar que cheguei até ela acabado, na lona.

Pela manhã, pedi que ela ficasse na casa da mãe e lhe disse que iria encontrá-la lá pelo fim da tarde, depois que resolvesse minhas coisas e depois que tivesse comprado a televisão e assinado a tevê a cabo. Disse-lhe também: "Vamos passar a noite lá em casa", e ela respondeu: "Ok".

Ela disse *okay*.

Eu também digo "ok", porém falo *okke*, isto é, dobro o "k", não pronuncio o ditongo "ou" nem falo o "i", ao passo que ela diz a letra "k" sem dobrá-la e pronuncia os ditongos "ou" e "ei", como é a pronúncia de quem fala inglês fluente, e eu gosto disso nela. Seu inglês é bom, tanto que ela compreende o que se passa nos filmes sem precisar de tradução. Mesmo assim, ela estava tentando aprender francês, por isso sempre me pergunta como se diz uma frase ou outra em francês, bem como o significado de certas palavras. Uma vez, perguntou-me como se diziam algumas frases sensuais em francês e eu levei um susto! Em outra ocasião, durante um instante decisivo na cama, ela me perguntou: "Como se fala *isso*?", apontando para aquilo cujo nome queria saber, um pouco antes de ele desaparecer dentro do seu corpo. Respondi que certamente a palavra em francês devia ser a mesma que em inglês.

Como é boa essa troca contínua de saberes, os quais um dia vão alcançar o mesmo nível, assim como dois vasos comunicantes.

Houve uma vez em que ela me perguntou como se dizia em francês "me morde de leve". Eu respondi: "Morder é *mordre*", mas ela me corrigiu: "Não é morder, não quero que você arranque um pedaço de carne do meu corpo, não é para tirar um pedaço de mim, o que eu quero é sentir meu corpo com seus dentes, é isso que significa 'morder de leve', ou seja, fazer com que eu sinta uma dor leve e prazerosa". Não sabia que essa expressão tinha essa conotação, sempre a entendi como repetição do ato de morder. Também não sabia como se dizia aquilo em francês, pois nunca ouvi uma palavra equivalente nessa língua, embora tenha aprendido cedo as palavras que se relacionam ao ato sexual, quando ainda era um jovem carregador no aeroporto… Não! Não! Nunca trabalhei de carregador no aeroporto, isso foi apenas um deslize da minha língua.

Um *lapsus* e nada mais.

Quando eu era estudante, um amigo meu saía com uma fotojornalista francesa seis anos mais velha que ele, embora essa diferença não fosse evidente, de modo que nós, os amigos mais próximos, ficávamos surpresos quando nos diziam isso. Ela sabia um pouco de árabe e sempre pedia que ele lhe ensinasse palavras em árabe ligadas ao sexo, até que ele descobriu o que descobriu. O relacionamento não durou mais que algumas semanas e quase terminou em tragédia. Certa vez, ela me perguntou: "Como se diz em árabe *remplis-moi?*", e eu respondi: "Em árabe culto, se diz *imla'ni!*, preencha-me, que é o imperativo do verbo *mala'a yamla'u*, preencher", mas ela respondeu: "Não! Eu quero saber em árabe popular". Expliquei que normalmente dizemos: *maline*, e alguns dizem *taline*, isso depende do nível social e cultural de quem fala e também da região do falante. Ela então prosseguiu: "E não há outros sinônimos?"; eu respondi: "Claro, há: *abine* (me enche)! *ehachine* (me recheia)! *auimne* (me inunda)!". Seus olhos brilhavam enquanto ouvia essas palavras. Eu sentia que ela estava excitada de um modo que me era familiar, embora na época não me desse conta disso. Mais tarde, ela confessou que saía com um jovem de vinte anos, enquanto nós, meu amigo e eu, estávamos com vinte e cinco. Esse rapaz não falava nem francês nem inglês e, além disso, era analfabeto, não escrevia nem lia árabe, e trabalhava de carregador no aeroporto. Morava com a família — pai, mãe grávida, irmãos e cinco irmãs — num apartamento pequeno com um quarto amplo, cozinha, banheiro e varanda. (A varanda é a parte mais importante da história.) Ela o conhecera por acaso, certo dia, enquanto fotografava os destroços da guerra nos prédios de Beirute, perto da Linha Verde e do edifício Burj Al-Murr, região onde ele morava. Como havia se perdido, perguntou se ele poderia indicar-lhe o caminho e ele tentou ajudá-la, apesar de ter levado um tempo, uma vez que não dominava nenhuma língua que ela entendesse. Recorria a uma palavra em inglês aprendida no aeroporto, depois a uma palavra em francês também aprendida lá, tentava se lembrar dos anos de escola pública, quando era pequeno, ou ainda recorria a uma palavra árabe que ela soubesse. Ela começou a se sentir profundamente atraída por ele, de modo que bastaram alguns instantes para que virasse sua prisioneira, pronta a lhe dar tudo, com a condição de que ele a deixasse desfrutar do seu corpo.

Enquanto ouvia essas confissões, eu ia sentindo fortes choques, mas preferi não revelar esse desconforto para minha esposa ao recordar o incidente (será que cheguei a esquecer algum dia?). Contei-lhe a história na ocasião em que ela me pediu que lhe ensinasse o vocabulário sexual em francês.

Enquanto ouvia o relato da amiga francesa, eu ia ficando cada vez mais chocado, mas ainda assim me via na posição de fazer o papel do amigo intermediário que aconselha, mantendo neutralidade em relação a ela e a ele. Ela ainda confessou que estava enfeitiçada pela relação dele com seu próprio corpo: "*Il avait un tel rapport à son corps...*". Era o que dizia e repetia, hipnotizada, a ponto de fazer meus miolos ferverem e minhas entranhas revirarem. Além do mais, eu não podia me abster de perguntar sobre o local em que ela se encontrava com ele, uma vez que ela não tinha amigas às quais pedir a chave de um apartamento — isso não existe em Beirute: a moça ou mora na casa dos pais ou na casa do marido, jamais sozinha. Ela o encontrava na casa dos pais dele, passava alguns dias e noites lá.

"Eu lhe imploro! Não conte nada a ele" (isto é, para o meu amigo), "porque ele é capaz de ter atitudes muito violentas, seria capaz de fazer mal a si mesmo, a mim ou a este jovem. Diga apenas que toda relação está sujeita a acabar. Convença-o a me deixar em paz. Não consigo viver com ele nessa condição de desconfiança permanente e de ciúmes."

Perguntei-lhe, então, como fazia para se encontrar com o rapaz pessoalmente, com liberdade para fazer certas coisas, e ela me respondeu: "Na casa dos pais dele mesmo". Ela ficava a sós com ele tarde da noite, depois de todos terem ido dormir — sobretudo as crianças —, na varanda, num espaço muito estreito que com certeza não chegava nem a um metro quadrado. Naturalmente provocavam desconfiança, mas a mãe era um anjo, ficava servindo os dois na varanda até a hora de irem dormir. Ela mesma a chamava para dormir do lado das meninas, e ele era o primeiro do lado dos meninos, de modo que estavam separados apenas por um estreito corredor, que ocupavam quando todos já estivessem dormindo.

Mesmo assim, ele tinha medo dela! Tinha medo de que fosse uma espiã! Ela quis convencê-lo de que ele era tudo aquilo que ela queria, e mais ninguém. Queria convencê-lo de que talvez estivesse pronta até para ser sua escrava, mas que nunca seria uma espiã! Afinal, quem ela estaria espiando? Ele não se sentia seguro em relação a ela, o que o levava a se esquivar. Ainda assim, quando a tomava, era algo difícil de descrever. Ele a devorava.

"Para ser sincera, estou pronta para ser escrava dele! Você consegue acreditar?"

Eu ficava em silêncio quando ela dizia isso, me abstinha de responder.

Essa moça virou minha cabeça, me deixou desorientado. Tive inúmeros orgasmos só de ouvir as histórias dela! Isso jamais ocorreu comigo e nunca pensei que fosse possível. Eu nem tinha que usar as mãos! Isso nunca havia acontecido comigo nem aconteceu depois e certamente não voltará a acontecer no futuro. Como as histórias dela me excitavam, meu Deus! Não estava ao meu alcance tomá-la enquanto o desejo dela era ser a escrava do rapaz. Como o invejei e desejei estar no lugar dele, a ponto de ir ao aeroporto à noite — eu precisava cruzar com ele —, e creio que cheguei a reconhecê-lo, pois não havia muitos jovens iguais ao sujeito que ela me descrevera, isto é, com uns vinte anos de idade.

Quando as notícias chegaram ao meu amigo, ele tentou se suicidar! Tomou uns calmantes que a mãe usava, mas foi resgatado por milagre, foi acudido pela mãe quando já estava quase dando o último suspiro. Ele não estava inteirado de nenhum detalhe sobre aquele jovem. Tudo o que sabia era o que sua namorada queria que ele soubesse, ou seja, que ela estava apaixonada por outra pessoa.

Evidentemente, não contei à minha esposa a parte da notícia que mais mexeu comigo, porque para ela tenho que parecer sempre forte, uma pessoa que não perde o controle, para que ela não venha me criticar mais tarde. Toda vez que eu olhava para uma mulher de um jeito de que ela não gostava, me acusava de ser fraco. É da natureza da mulher ser muito ciumenta, muito mais que o homem, ainda que minha esposa não seja tão ciumenta assim. Muito embora, no final das contas, ela seja mulher como todas as outras.

E depois, a mulher só se tranquiliza se o marido estiver junto dela ou ela junto do marido. Minha esposa, contudo, não é de reclamar muito nesse quesito, em especial se estiver com a mãe, na casa dos pais.

Naturalmente, minha esposa não se queixou naquele dia, quando pedi que ficasse na casa dos pais até eu voltar; talvez fosse exatamente isso que tinha a intenção de fazer, ou melhor, com certeza era isso que tinha a intenção de fazer. Minha intuição não falha. Eu sabia que ia lhe pedir que fizesse alguma coisa que ela acabaria fazendo de toda maneira. Não fazia diferença eu pedir ou não. No entanto, isso não me incomodou nem foi motivo de preocupação, porque esse tipo de coisa é o que mais acontece entre marido e mulher (até demais!), de modo que cabe ao casal resolver situações como essa, quando for o momento, com bom senso e paciência, uma vez que, se não houver um teto para as divergências dos dois, o divórcio se torna a regra, em lugar de permanecer como exceção. E não é possível, sem bom senso, paciência e compreensão mútua, estruturar a família e desfrutá-la. A não ser que nosso caso se torne igual aos do Ocidente, onde basta que a mulher se enfeze com o marido para sair batendo a porta sem nem dizer "tchau". De fato, o ser humano tem um grande aprendizado com o casamento, sem o qual não seria possível aprender muitas coisas. O ser humano antes do casamento é um e depois do casamento é outro. Isso foi o que aprendi na pele. O casamento ensina responsabilidade, e o homem que não sabe o que é responsabilidade e que não tem consciência da importância disso na vida, esse sim é um ser humano incompleto.

Enquanto cochilava, naquela noite em que prometi à minha esposa que ia comprar a televisão de uma vez por todas, e fazer a assinatura da tevê a cabo, também prometi a mim mesmo um lindo dia, em que ganharia a aceitação plena dela, já que, depois de comprar a televisão e assinar a tevê a cabo, ela teria apenas que voltar para casa, sentar no sofá, apertar os botões do controle remoto e aproveitar, assistindo compenetrada a todos os programas e filmes que apreciava. Depois desse dia, nunca mais voltaria a passar pela cabeça dela comparar nossa casa a um túmulo (Deus me livre!), já que o televisor iria irradiar e ressoar tudo de que ela mais gosta. Prometi a mim mesmo que no dia seguinte todos os esforços que eu fazia para satisfazê-la iriam dar frutos, encerrando a hesitação que ela demonstrava em relação a mim e que crescia dia após dia, fazendo-me sentir que as coisas estavam cada vez mais fora do meu controle e que sou — como ela mesma me descrevia de tempos em tempos — um carro que perdeu o freio numa descida íngreme. Imaginava que ela se entregaria completamente a mim à noite, dando a sensação de que era minha de fato, sem demonstrá-lo com palavras, insinuações ou mesmo se mantendo em silêncio. Não só sonhei, como cheguei a imaginar que essa mudança no comportamento da minha esposa aconteceria de forma definitiva e decisiva, sem volta. Sonhava com a chegada do dia em que, encharcada de suor, ela estaria se contorcendo, se deleitando e me engolindo em cada lugar meu que seus lábios tocassem, e que também me chuparia, sorvendo meu sêmen.

Seria um corroendo o outro.

Cheguei a sonhar que certo dia ela fosse abrir mão de si mesma com o objetivo de me fazer feliz, e que seus olhos brilhariam diante de tudo o que há em mim.

Prometi a mim mesmo que aconteceria uma transformação exatamente naquela noite. Contudo, antes mesmo de tomar qualquer iniciativa, queria apagar todas as marcas do atrito e do desafeto que havia entre nós desde nosso primeiro encontro no café Al-Rawda. Comprei, então, várias garrafas de cerveja e guardei-as na geladeira de casa. Errei feio ao interagir com ela dessa maneira. Ela nunca mais pedira uma cerveja desde aquele nosso encontro no café.

Sabendo que ela gosta de pimenta na comida e especialmente de peixe apimentado, o *samake harra*, fiz uma encomenda num restaurante famoso por essa especialidade, na *corniche* à beira-mar, em Ain Al-Mraysse.

Não tenho o hábito de me preocupar com a comida em casa, pois tudo o que se relaciona à cozinha faz parte das obrigações dela, embora dessa vez eu tivesse deixado de lado minha rotina e também minhas convicções quanto a quem sou. Dessas eu realmente me orgulho, afinal não quero mudá-las nem espero que mudem, e muito menos que sejam mudadas por alguém; isso caberá ao tempo dizer.

Queria agradá-la, por isso naquela noite preparei um banquete. Eu queria que ela percebesse que realmente significava muito, muito para mim. Tive vontade de chorar enquanto planejava tudo aquilo ao longo do dia, porque sentia profundamente que, ao me reconciliar com minha esposa, estaria me reconciliando comigo mesmo, eu me juntaria a ela e nós nos tornaríamos um só. Quem sabe essa vontade de chorar também não resultasse do que senti ao fazer uma coisa que não competia a mim como homem, pois é algo constrangedor, sobretudo porque fui ainda mais longe, e acabei por fazer uma coisa que um homem jamais faria: num forte impulso, lavei suas roupas íntimas para provar que ela significava muito para mim.

Na realidade, o que fiz, ao pé da letra, não foi lavar suas roupas íntimas, mas foi algo do tipo. Ao ver sua calcinha e sua meia-calça de molho numa pequena bacia no banheiro, onde ela as deixara antes de sair, pela manhã, enxaguei-as e me perguntei onde poderia colocá-las para secar. No varal ao sol na varanda ou ali dentro, na sombra do banheiro? Então falei: "No sol!". Deixei apenas as duas peças penduradas, como se estivessem expostas. Ao vê-las, ela levou a mão à boca como se estivesse se segurando para não gritar de espanto e correu para recolhê-las e escondê-las na gaveta, como para evitar que as peças ficassem à mostra. Quase chorei, pois, ainda que a iniciativa de resolver a discórdia entre um homem e uma mulher faça parte das obrigações da mulher, a misericórdia, a compaixão e a habilidade de esquecer e perdoar fazem parte das obrigações de todo ser humano.

Ela foi pega de surpresa ao chegar ao apartamento e ver tudo o que a aguardava. O aparelho, a tevê a cabo e o jantar! E desembestou a rir escandalosamente.

"Meu Deus, que sorte eu tenho!", disse, enquanto olhava para mim com profunda gratidão e cheia de consideração. Aproveitei o ensejo quando ela me beijou diretamente na boca e tomei-a com força nos meus braços, correndo com ela para a cama. Foi então que ela se entregou sem objeção, sem resistir — mas estava contente dessa vez —; deitei-a na cama e me deitei ao seu lado, começando a acariciá-la lentamente, com cuidado e calma, sem acelerar as coisas, já que não havia necessidade, uma vez que estávamos na nossa casa e tínhamos a noite e o dia inteiros pela frente. Mas, ao mesmo tempo, eu falava: "Vamos fazer agora mesmo, uma vez e quantas mais eu conseguir depois do jantar, ou então até a hora de dormir". Bastou isso para que ela começasse a se preocupar, então se levantou repentinamente, como que se rebelando, e disse: "Me deixe tomar um banho primeiro". Eu respondi: "Tome banho depois, vamos curtir esse clima gostoso agora", mas ela retrucou: "Não mesmo! Só gosto de fazer isso de banho recém-tomado".

Era inaceitável essa desculpa, já que diversas vezes ela havia curtido transar sem tomar banho antes, muito pelo contrário, só se levantava para ir ao banheiro e se lavar depois de terminarmos e, quase sempre, logo depois que eu terminava. Eu gostava disso nela e continuo gostando, porque é prova da sua extrema falta de experiência nesses assuntos, é prova da sua candura, porque considerar que as secreções que acompanham o sexo são imundas é prova de força moral, de certo modo, de pureza da alma e de pouca experiência. No entanto, não dei atenção ao que motivava essa sua vontade, pois me parecia sincera. Como ela mesma disse, não havia tomado banho o dia todo, e ainda por cima o dia tinha sido relativamente ensolarado e abafado. Quem sabe ela não subira e descera as escadas do prédio da mãe por causa do elevador quebrado. Ele sempre quebra e nunca o consertam de verdade, por conta das divergências entre o senhorio e os locatários. Certa vez, ela chegou a ficar presa no elevador com um estudante francês. Comentei que com certeza ela devia ter passado alguns apuros: "Você deve ter se apavorado!".

"Não", ela disse, "pelo contrário."

Então perguntei: "Como assim, 'pelo contrário'?". Ela continuou: "Não fiquei com medo". E eu retruquei: "Mas você sempre tem medo quando fica presa no elevador".

"Eu fico com medo como todas as pessoas ficam."

Entendi, depois de toda essa conversa-fiada, que ela não ficara com medo quando o elevador parou porque o jovem francês estava lá dentro com ela. Não cogitei, nem por um instante, que naquele momento ele a estivesse acompanhando, ou então que havia algo entre eles. De toda forma ele já não mora lá faz muito tempo e não existe mais nenhuma possibilidade de o elevador quebrar e eles ficarem sozinhos sem que ela passe medo.

Ao sair do banheiro, ela disse: "O que acha de jantarmos agora? Mal posso esperar para comer este jantar apetitoso". Respondi: "E por que não? Vamos comer agora!". A comida estava deliciosa, ela adorou e me agradeceu pela iniciativa, dizendo que na verdade não esperava por aquilo. Ela nunca imaginou que eu fosse enxaguar as roupas íntimas deixadas de molho, mesmo assim não voltaria a mencionar o fato — como se tivesse esquecido —, o que é uma demonstração de bons modos da sua parte, uma prova de distinção.

Infelizmente, minha alegria não foi completa naquela noite, já que os homens da televisão a cabo não apareceram para instalar a antena, ligar os aparelhos e regular os canais. "Amanhã", disseram, depois de eu tentar persuadi-los oferecendo mais dinheiro, mas não teve jeito. Eu lhe disse: "Amanhã nossa alegria se completa", e ela respondeu que isso não seria um problema: "A gente pode esperar mais um dia!". Considerei que ela foi compreensiva e relaxei, pela sua alma apaziguada. Contudo, assim que terminou o jantar ela já começou a se queixar de que estava cansada. Sugeri então que fôssemos juntos para a cama, depois de tirar a mesa, e falei que também estava cansado porque havia corrido o dia todo.

Sem responder, ela foi para o nosso quarto e, antes de chegar à cama, lançou-se sobre ela de bruços, como se suas forças tivessem se exaurido de tanto cansaço. Em seguida fechou os olhos e parou de falar e de se mexer, como se tivesse adormecido rapidamente. Só respondia o que eu lhe perguntava depois de certa insistência, mas ainda assim com sons que pareciam mais grunhidos que palavras; estava adormecendo de fato, enquanto eu a massageava. Continuei a massageá-la mesmo adormecida, o calor do seu corpo e sua maciez entre meus dedos. Ela se sentia na mais completa segurança, num sono raro e agradável. Foi isso que me induziu a continuar de modo mais caloroso, mais carinhoso e com mais atenção. Quando ela se tornou uma espécie de massa nas minhas mãos, bastou tirar as peças que me atrapalhavam e entrar, sem pôr meu peso sobre ela para não cortar o ritmo da sua respiração. Foi um momento inusitado da minha vida; ela me recebia durante o sono, como se esse sono fosse por mim e para mim. Terminei rapidamente e o clima era de uma felicidade rara, mas mesmo assim saí de dentro dela no momento certo, sem ejacular.

Normalmente não ejaculo dentro dela, porque, como bem se sabe — e não vou revelar isso a ela —, quero ter um menino e não uma menina, e para isso há um jeito de fazer sexo e uma maneira própria de ejacular. Para que a mulher fique grávida de um menino, ela precisa ficar numa posição específica, embora daquela vez eu não tivesse ejaculado dentro dela por outro motivo que nada tem a ver com gravidez, pois já fazia um tempo que ela estava grávida, e a maneira de ejacular já não importava mais. Na verdade, eu a lambuzei porque quis lambuzá-la mesmo, para ser sincero! Ela começou a se virar incomodada depois de um tempo, logo depois de meu sêmen começar a esfriar sobre ela. Apressei-me em limpar meus rastros, com uma toalha que umedeci com água morna. Quando terminei, ela percebeu que eu havia me levantado para cuidar de outra coisa e disse: "Ai de você se tiver sujado minha roupa ou o lençol da cama!". Respondi: "Não! Não se preocupe! Caiu tudo em você!". "Onde, em mim?", respondeu ela, levantando a voz: "Tenho cara de poste?". Argumentei: "Mas foi só nas suas costas e na bunda!". "Tem certeza?" Respondi: "Sim!", e ela: "Limpou direito?", e eu: "Sim!". Acredito que ela tenha ficado com medo de que um pouco de sêmen tivesse atingido seus pelos e ela precisasse se levantar para se lavar. Em seguida, porém, adormeceu.

No entanto, suas últimas palavras não foram em tom de queixa nem de má vontade, muito menos um sinal de rejeição, e a prova estava no fato de que, enquanto eu tentava penetrá-la, completamente adormecida, emperrei, até que ela sentiu que eu não estava conseguindo e deu uma ajuda se ajeitando, mesmo dormindo, com alguns movimentos involuntários da sua parte traseira, até tudo se encaixar. Ela me recebeu suavemente, bastante lubrificada e não seca, apertada e contraída como acontecia na maioria das vezes. Era como uma boca banguela salivando. Essa foi a prova contundente de que eu estava me tornando, ou então já tivesse me tornado, algo bom dentro dela. Só não vê quem não quer.

Naquela noite dormi como um bebê, sentindo que as coisas entre nós começariam a caminhar bem e que tudo iria se acertar. Ela estava na minha cama, em todos os sentidos, ao meu lado, e era minha.

Quando apareceram os homens da tevê a cabo, no dia seguinte pela manhã, por volta das dez horas mais ou menos, minha esposa estava se preparando para ir à casa da mãe, que iria ajudá-la a escolher e comprar algumas roupas íntimas. Ela sempre arranjava alguma desculpa para passar o dia na casa da mãe. Nos últimos tempos, usava como pretexto as coisas íntimas. Não revelava que tipo de coisas, mas eu sabia sem que ela dissesse, pois o bebê estava a caminho e precisaria de cuidados desde já. Por isso eu deixava que ela fosse sem lhe fazer as perguntas irritantes de sempre. Chegou um momento em que decidi deixá-la ir à casa da mãe para não criar mais caso.

Depois de aproximadamente uma hora e meia, a televisão brilhava na sala com seus oitenta canais de satélite e terrestres, regionais e internacionais. O técnico testava canal por canal e os regulava, exibindo o orgulho de quem se acostumou com a admiração alheia. Fornecia algumas informações sobre cada um deles, além de detalhes adicionais de canais específicos, dizendo: "Nesses passam os filmes 'mais adultos', à noite". Questionei: "E se houver crianças na casa?". Ele respondeu: "Podemos bloqueá-los a pedido do assinante".

Ao terminar o teste, deixando todos os canais com boa qualidade, peguei o controle remoto e coloquei-o sobre a mesa, diante do sofá, onde minha esposa se sentava. Prometi que não iria tocá-lo até que ela chegasse para inaugurá-lo com suas lindas mãos. Isso faz parte do meu jeito e do meu modo de ser. Gosto que um indivíduo do sexo feminino seja o primeiro a utilizar algo meu que seja novo. Sinto um arrepio quando isso acontece, sinto uma tranquilidade. Então, saí.

Por volta das duas ou três da tarde, voltei para casa depois de almoçar com os "amigos da quinta-feira", porque desde muito tempo atrás, antes mesmo de eu me casar, evidentemente, eu e alguns amigos dos diversos credos que constituem uma só família libanesa tínhamos este costume: comer *mulukhiyye* na primeira quinta-feira do mês, no restaurante Blue Note, o qual, como vários restaurantes em Beirute espalhados nas vizinhanças da Universidade Americana, oferecia *mulukhiyye* como o prato do dia. Éramos cinco, dos quais quatro bebiam, e eu era um deles. Bebíamos vinho tinto de produção libanesa. O Líbano ainda estava numa fase de transição que só terminaria quando chegassem os tempos de paz, depois de uma guerra devastadora e longa, de modo que muitos ainda ansiavam pela paz e nutriam um amor particular pelo país ferido. Tratava-se de um bom vinho, por isso bebi. O almoço era uma ocasião para homenagear a pátria, o Líbano, o país da diversidade e da tolerância: ali estávamos, numa só mesa, amigos, entre os quais havia quem bebesse e quem não bebesse, e aquele que não bebia alçava seu copo cheio d'água para brindar pela honra dos que amávamos e de quem nos recordávamos. "Este país tem que continuar a existir! Um brinde ao Líbano da diversidade e da tolerância, ao Líbano das liberdades coletivas e individuais, ao Líbano da imprensa livre, ao Líbano onde a mulher goza de uma liberdade sem igual em toda a região, ao Líbano onde a mulher tem importante participação na revolução dos meios de comunicação audiovisuais...", e por aí vai.

Assim, entre as duas e as três da tarde, estava eu voltando para casa quando encontrei na calçada, na porta do prédio onde moro, a costureira que fizera nossas cortinas havia menos de um mês.

Eu estava voltando do almoço empanturrado de tanto comer e beber, sonolento, mas com um desejo nítido pela minha mulher, que não regressaria antes do pôr do sol, isto é, dali a umas três ou quatro horas. Ela bem que podia estar aqui, não importava que não estivesse com a mesma disposição que eu. Eu teria insistido como de costume, como quando precisava dela e ela não estava à disposição. Ainda assim, ela teria se safado, pois não ficava um dia sequer sem pensar em artimanhas e subterfúgios.

Até então, eu não sabia o nome da costureira e não acredito que minha mulher soubesse. Perguntamos pelo seu nome quando estivemos na casa dela, na ocasião em que estávamos procurando alguém para fazer as cortinas do apartamento que alugamos para morar depois de casados. Ela tinha sido indicada pelos vizinhos, e logo fomos até a casa onde vivia com os pais, pois era solteira — até hoje —, com uma idade próxima à da minha mulher. Depois de explicar o que queríamos, ela fechou negócio e combinamos que fosse à nossa casa no dia seguinte para tirar as medidas e acertarmos os demais detalhes.

Quando ela soube que tínhamos nos casado havia poucos dias, enrubesceu de um modo que causava aflição, e não era um rubor de timidez. Olhava para a minha esposa como se tentasse adivinhar o antes e o depois do casamento. Seus olhos pareciam um *scanner*, nas palavras da minha esposa, enquanto para mim ela parecia uma copiadora. Era como se estivesse cotejando a imagem diante de si e a imagem que desenhava — e na qual imaginava minha esposa — na sua cabeça.

Essa era a costureira que olhava minha esposa espantada e enrubescida. Via-se o suor escorrer pelo seu nariz enquanto se protegia dos nossos olhares com o véu, com o qual cobria o rosto o máximo que podia, baixando a cabeça para esconder os olhos.

"Sem brincadeira, é como se nossos olhos fossem o *flash* de uma câmera pronta para disparar assim que ela olha para a gente!", disse minha esposa.

"Parece uma criança com medo de levar bronca dos pais!", disse eu.

Talvez essa apatia que ela carregava fosse devida a alguma fagulha de recalque. Quem sabe ela não sentisse inveja da minha esposa e vontade de estar no seu lugar? Ela nos perguntou então quem havia dito onde ela morava e respondemos: "Os vizinhos". Nova pergunta: "Qual deles? Qual o nome?". Eu respondi: "O homem da mercearia". Ela olhou em volta para se certificar de que o lugar estava vazio e de que só estávamos nós dois ali, então perguntou: "O da esquina ou aquele do meio?". Respondi: "O da esquina". Ela se calou.

Calou-se como quem queria se virar sozinha com isso.

Tentei lhe dizer que muitas pessoas a haviam indicado, e não apenas o homem da mercearia da esquina, mas também fiquei calado, embora desejasse dizer alguma coisa para ser sincero. O homem da mercearia era solteiro, como fiquei sabendo logo depois. Sem dúvida o que a abalou foi o fato de sermos recém-casados, isto é, de podermos desfrutar um do outro como, onde, quando, do jeito e com a intensidade que quiséssemos, sérios ou descontraídos, arrumados ou desleixados, durante o sono ou acordados, nus ou com as roupas do corpo, sem pudor nem vergonha. Gozávamos do direito de fazer o que quiséssemos dentro da lei, ao passo que ela era uma solteira morrendo de um desejo incontrolável que não podia saciar. Ademais, entre o homem e a mulher há muita coisa proibida por Deus, a não ser que se casem! Esse é o direito com que se removem montanhas do peito das moças, acalmando seu coração e as tranquilizando.

Então ela nos fez uma pergunta estranha, do tipo que normalmente nem passa pela nossa cabeça: se tínhamos nos casado por amor ou "por cansaço". Perguntei: "Como assim, por cansaço?". Ela explicou: cansaço de tanto dizer para si mesmo, "vamos lá, deixe eu resolver logo essa história", e de tanto que a família importuna — sobretudo no caso da mulher —, isto é, casar de cansaço, rendendo-se à cobrança de quem está à volta. Isso é o que significa "por cansaço". Fiquei perplexo, pois jamais pensara nisso antes. De repente, senti que aquela mulher me desnudava. Será que eu também tinha me casado "por cansaço"?

A primeira vez em que estive com minha esposa foi num encontro arranjado com o objetivo de nos casarmos. Eu não a conhecia, mas fiquei sabendo da sua existência por intermédio de uma tia, que por certo tempo ficara mais interessada no meu casamento do que minha própria mãe — quem sabe minha mãe não tenha sido o motivo em si? Com efeito, meu status de solteiro e a falta de uma esposa a agoniavam e a deixavam preocupada: afinal, como eu iria me arranjar sem ela, ainda mais se lhe acontecesse algum mal ou se ela morresse? Deus me livre! Além disso, a maioria dos meus irmãos e irmãs estava viajando ou vivendo no exterior, parte deles no Golfo, parte na Austrália, e os que permaneceram em Beirute se encontravam ocupados com suas famílias.

Certo dia, minha tia me disse, sem mais nem menos: "Vou te apresentar a filha dos vizinhos, que mora no prédio em frente. Ela é uma graça!".

Foi estranha a sensação que a costureira provocou em mim, como se me despisse ao falar de casar "por cansaço". Esse meu sentimento de estranheza não é porque eu seja do tipo hipersensível, que não consegue dormir enquanto houver um único avião no céu. Não! Eu consigo dormir numa boa, porque estou convencido de que o mundo continua girando como sempre, independentemente de mim. Então, por que me senti tão desconfortável quando ela insinuou que eu poderia ter me casado "por cansaço", ou por ter me mostrado o motivo pelo qual as pessoas se casam? E por que as pessoas devem se casar "por" alguma razão?! Afinal, quando as pessoas começaram a se casar por amor, o número de divórcios aumentou e muito!

Apesar de tudo isso, quer dizer, apesar de certa imaturidade demonstrada por ela, havia nos seus olhos um pedido de socorro que chamou minha atenção, como uma luz de advertência, de alerta, de aviso, acendendo e apagando sem parar por um longo tempo. Quando eu passava por ela na rua, sempre me questionava sobre como sua família permitia que ela saísse de casa com aquela luz de emergência nos olhos! Por causa desse fato tão evidente, que devia ficar oculto, eu costumava pensar que o pai e os irmãos batiam nela com frequência. Isso me entristecia muito, de modo que essa tristeza me fazia refletir sobre como poderia ajudá-la! Mas eu sempre me consolava dizendo que certamente ninguém via nos olhos dela o que eu via. No entanto, raras vezes eu a encontrava sozinha. Sempre havia uma menina mais nova que a acompanhava, com seus vinte anos ou menos, e isso se devia ao temor por parte da sua família de que ela andasse por aí sozinha, além de controlar por onde andava. Isso foi o que me confortou, mas ao mesmo tempo me entristeceu.

Porém daquela vez ela estava sozinha, quando a encontrei na entrada do prédio, ao voltar do almoço no restaurante. Me aproximei sem pensar, sem querer ou sem ter alguma intenção — estava no piloto automático, como se tivesse sido programado para fazer aquilo. Não quero dizer "programado" para justificar o que fiz, mas porque aconteceu assim. Às vezes o ser humano toma a iniciativa bem rápido, porque teme pensar nas consequências e hesitar. Não era o meu caso, eu não me apressei com medo de voltar atrás na minha decisão. Penso que a palavra "programado" seja a palavra mais correta para descrever esse tipo de situação. Meu olhar em sua direção foi como o clique de um mouse no computador para que o sistema comece a funcionar depois de um comando. Foi assim que me aproximei e disse que as cortinas precisavam de conserto. Sem me dirigir o olhar, ela respondeu com espontaneidade: "Mas, já?". Eu disse: "Pois é!", e segui meu caminho depois de fazer um sinal com a cabeça para que ela me acompanhasse. Ela veio caminhando atrás de mim com uma distância de poucos passos.

Abri a porta e entrei; contudo, ela permaneceu parada na soleira. Eu lhe disse: "Entre!", mas ela ficou imóvel, sem responder, por isso a puxei para dentro. Enquanto eu fechava a porta às suas costas, ela me perguntou se minha esposa estava. Não respondi, abracei-a e comecei a beijá-la, acariciando suas curvas. Ela não se rendia, mas também não resistia, e, ainda que estivesse confusa, com certeza estava desfrutando. Até que levei minhas mãos às suas partes baixas, entre as coxas, e ela começou a ofegar como um animal selvagem encurralado. Depois de alguns instantes, tornou-se um peso nos meus braços: de repente, ela se transformou num peso morto! Deitei-a no sofá quando ela quase caiu; estava inconsciente, mas viva. Respirava, porém não falava, a não ser por alguns gemidos inconstantes. Não havia o que temer, a não ser pelos olhos brancos revirados. Eu me lancei aos seus lábios imediatamente, depois de estendê-la no sofá, pensando que aquilo aumentaria seu prazer, a ajudaria a passar do estágio em que se encontrava para o do prazer extremo durante o orgasmo. No entanto, sua boca parecia estar separada do corpo, sem ligação com um centro que pudesse controlá-la. Na mesma hora entendi que a moça tinha desmaiado e que eu estava numa tremenda enrascada, da qual precisava sair rápido, antes que a situação se agravasse e tomasse maiores proporções. Acontece que meus conhecimentos médicos são escassos e a moça não estava inconsciente de um modo normal, por conta de um resfriado ou fraqueza, ou de uma dessas coisas que as pessoas sabem curar com água de rosas, uma xícara de chá, ou algo do tipo. Comecei a perambular pela casa, correndo de um cômodo a outro como se fosse encontrar a solução nesse meio-tempo, ou como se a solução fosse simplesmente chegar até mim. Depois de alguns minutos, como ela ainda estava naquele estado, decidi telefonar para seus pais, contudo, ao perceber que não tinha o número de telefone deles — nem sabia se eles tinham ou não um telefone —, decidi ir direto à casa deles para informá-los do ocorrido e assim tirar a responsabilidade das minhas costas, uma vez que eles são a família dela, os responsáveis diretos. Eu alegaria que, ao vir reparar um problema nas cortinas, ela se sentira fraca na escada e se apoiou até chegar ao sofá. Tinha que dizer que ela chegara até o sofá sozinha, deitando-se nele sem ajuda, a fim de não ofendê-los com a hipótese de que eu a carregara por toda aquela distância entre a escada e o sofá, todos aqueles metros, pois não é fácil para a família e, sobretudo, para os irmãos aceitarem algo do tipo, ou seja, que um estranho toque o corpo da irmã desse jeito, ao longo de toda essa distância, ainda que ela estivesse desmaiada. Diria também que minha esposa saíra à procura de um suporte para as cortinas que a filha deles pedira.

Estava certo de que minha mulher só chegaria um bom tempo depois que a casa já estivesse vazia, com cada coisa no devido lugar. No entanto, ela chegou imediatamente depois deles, nem um minuto ou dois a mais. Entrou gritando e pedindo explicações: "O que está acontecendo? O que foi?". Naturalmente, ela esperava tudo, menos aquilo: ver seu marido sendo tratado como um tarado, um estuprador! Seu marido, aquele que não se cansava de repetir no ouvido dela que a amava e que seu amor por ela crescia cada dia mais dentro do peito.

"Te amo!"

Eu repetia dezenas de vezes num só dia. Até que, certa vez, ela me respondeu: "Que bom pra você! Como é fácil falar essa frase!". Naquele dia, gostei de ouvi-la dizer isso, porque, na minha opinião, foi uma expressão do seu desejo de mostrar seu amor por mim. Entretanto, ela não era capaz de manifestar esse desejo por não estar habituada, afinal não só a vergonha a inibia, como também sua educação conservadora.

 Todo dia eu escrevia um bilhete para ela e o guardava num pote ou numa das embalagens que ela utilizava pela manhã, na embalagem do café, do açúcar ou do leite. Todo dia eu escrevia no bilhete um novo e belo texto que expressasse meu amor. Às vezes, encontrava os bilhetes esquecidos sobre a mesa da cozinha ou sobre o fogão. No meu íntimo, gostaria que ela os guardasse num lugar seguro, assim como fazia com as coisas de valor. Apesar disso, ela os guardava para si em segredo depois de lê-los, pois, quando lhe perguntei pela primeira vez o que sentia com relação aos bilhetes, minha esposa enrubesceu de vergonha e me perguntou onde eu aprendera a fazer aquilo. Aprendi ao ler um artigo de um intelectual libanês de esquerda assassinado pelas "forças obscurantistas", como dizia o artigo. Ele amava muito sua mulher e todos os dias lhe escrevia uma mensagem — que sempre se encerrava com um ponto de exclamação — nos utensílios que ela utilizava. E o estranho é que se afirmava no artigo que a esposa não acreditava nele e que, pelo contrário, sempre o acusava de manter relações com outras mulheres. Entre as frases que a autora do artigo citava estavam: "O mar é comprometido com suas margens!"; "Feliz o mar pelas suas margens!".

E, no dia 21 de março, o primeiro dia da primavera, ele escreveu para ela: "A primavera lhe cai bem!".

Muita gente apareceu: o pai, a mãe, dois irmãos, uma irmã, e até a parente mais jovem que eu sempre via na companhia dela. Não vieram todos de uma vez, mas em levas. Entravam atordoados, deixando a porta aberta, não por descuido, e sim de propósito, pois sabiam que chegariam em bando e que ficariam não mais que alguns instantes, apenas o tempo necessário para carregá-la e retirá-la, porém a filha deles, nesse meio-tempo, começou a recobrar a consciência. O último que veio foi o irmão mais velho, que chegou poucos instantes depois da minha esposa. Eu não o vira no dia em que fomos procurá-la por causa das cortinas. Olhei para ele, que veio se aproximando determinado, até que me alcançou e começou a me surrar. Atacou-me de surpresa, por isso conseguiu me derrubar no chão, golpeando-me continuamente montado sobre mim, com força e como bem quis. Fui pego de surpresa. Mal esperava que viesse pela direita e ele já me acertava pela esquerda, ou, sem esperar que viesse pela esquerda, já me acertava pela direita. Foi um ataque-surpresa. Era impossível não me pegar de surpresa, já que se tratava de um ataque. Quem não é pego de surpresa por um ataque?! Comecei a gritar com ele, dizendo-lhe que era louco, para que minha mulher ouvisse. Ela, por sua vez, estava rodeada por aquelas pessoas que a informavam sobre o demônio que era seu marido, que ofendera aquela moça fragilizada na sua inocência, na sua honra e na honra da sua família, sem falar que ela sofria dos nervos, o que é uma doença nobre. Que pessoa de bem, nos dias de hoje, nestes tempos terríveis, não sofre dos nervos? Enquanto o irmão mais velho me imobilizava, sua cólera se inflava contra mim, até que ele percebeu que minha esposa estava presente. Saiu de cima de mim e foi na direção dela, agarrando-a diante de todos e levantando seu vestido. Ele estendeu a mão e apertou a vulva dela por cima da calcinha, gritando para que todos os presentes ouvissem: "Isto aqui é a buceta de uma pu...".

Senhor!

Enquanto isso, minha esposa gritava de dor, o rosto encharcado de lágrimas de um jeito impressionante. Então parti para cima dele, fora de mim, para me vingar e livrá-la daquelas mãos sujas opressoras, mas ele foi mais rápido que eu e conseguiu me girar e me derrubar novamente no chão. Ele parecia um touro, um bezerro furioso.

Depois que todos partiram — e ele, o último a ir embora: "Você vai pagar por isso!", disse enquanto saía —, me dei conta de que estava sozinho em casa e de que minha esposa não estava em lugar nenhum. Nem no quarto, nem no banheiro, nem na varanda, nem debaixo da cama, muito menos debaixo do sofá. Talvez tivesse saído com eles ou quem sabe depois deles. Fiquei à espera.

Esperei até dar o tempo de ela chegar à casa da mãe, liguei e minha sogra atendeu: "Não, ela não veio para cá!". Sua resposta foi seca, constrangedora de tão seca, como se quisesse me repreender pelo telefonema, como se eu não tivesse o direito de ligar para a minha esposa, caso acontecesse uma divergência entre nós ou enfrentássemos alguma dificuldade. De repente, tocou o celular da minha mulher, do qual ela nunca se separa desde que o comprou, muito antes de nos casarmos. Era como se os dois fossem inseparáveis. Estava jogado na sala, no sofá, então eu disse: "Mas que droga!". Obviamente ela ainda está em casa e eu não a vi, apesar de tê-la procurado por todos os cantos! O telefone continuou tocando sem que ela aparecesse para atender, por isso o atendi, e era a mãe dela na linha! A mulher, preocupada assim que ouviu minha voz no telefone da filha, disse: "Onde está minha filha?". Eu não sabia o que responder, então falei, após hesitar: "Deve ter saído para comprar alguma coisa, mas acho que volta logo, porque deixou o telefone aqui". Ela retrucou: "Ela deve ter esquecido mesmo"; depois de um instante de silêncio, disse com voz confusa: "Deixe desligado até ela voltar!". Não respondi nem que não nem que sim. Encerrei a ligação sem me despedir nem pedir licença, para que ela visse que aquelas palavras haviam me irritado. Ela tem o direito de interferir nesses assuntos só porque é mãe dela?! De todo modo, não desliguei o telefone, evitando que ficasse fora de serviço, e minha intenção com isso não era conhecer os segredos que minha esposa escondia de mim, pois nunca pensei que ela tivesse grandes segredos, embora estivesse convencido de que em algum momento ela escondera algo de mim, mas nada além dessas histórias que as mulheres contam umas para as outras, sem valor nenhum. Passados menos de quinze minutos, finalmente a linha do telefone foi cortada. Ela ligou para a empresa telefônica pedindo que cortassem a linha, alegando ter perdido o aparelho!

"Está claro agora!"

Eu queria dizer que a atitude dela estava clara, isto é, ela queria piorar as coisas.

Então era assim! Isso não queria dizer, porém, que ela recebesse telefonemas de pessoas que eu não pudesse conhecer, por estarem ligadas a ela por relações sórdidas.

Depois disso, liguei diversas vezes, mas era sua mãe que atendia, sempre com a mesma resposta: "Ela não está aqui!".

"Onde ela poderia estar à noite, a não ser aí!? Ela está aí sim!", falei para a mãe. "Por acaso ela costuma dormir fora de casa?" Então finalmente minha sogra respondeu que a filha estava lá, mas que não queria falar comigo! Retruquei: "Não tem problema".

Eu disse para mim mesmo: "Minha esposa não pode distrair minha atenção do que está se passando agora do outro lado, na família da costureira". Pensei que a chave da questão estivesse ali, no solteiro da mercearia sobre o qual nos perguntou no dia em que ficamos a sós com ela. Não era fácil, para mim, aparecer tão rápido assim na rua, uma vez que o incidente ainda estava fresco e seria a pauta das conversas das pessoas, sobretudo em tempos em que não havia uma história para entretê-las, pois a Guerra do Golfo, o bombardeio do Iraque, as imagens dos cadáveres do Exército iraquiano no deserto ou dos seus soldados errantes já tinham chegado ao fim; também terminara a Guerra do Líbano e não havia no mundo uma fatalidade sequer que chamasse a atenção das pessoas, como os massacres da Bósnia e Herzegovina e do Kosovo, ou a implosão da Chechênia, ou então a caça a Osama Bin Laden no Afeganistão, alvo de um ou dois mísseis de um navio militar americano na costa do Pacífico, teleguiados por satélite, nem o famoso aperto de mãos entre Arafat e Rabin em Washington. Israel também não bombardeou os transformadores de energia elétrica naquele dia, deixando Beirute sem luz durante meses inteiros... Não aconteceu nada parecido com isso na tarde daquele dia, cuja data — eu, como a parte interessada — até esqueci. Nada aconteceu para afastar a atenção das pessoas do meu incidente. "Como vou sair?" Apesar de tudo, saí e quis que minha aparição expressasse minha inocência de modo gritante. Ao homem da mercearia, que era no mínimo uns dez anos mais velho que eu, ou seja, aproximadamente quinze anos mais velho que a costureira, pedi que fosse franco comigo, assim como eu seria com ele. E o que ouvi foi: "O que você fez é inadmissível!". Perguntei-lhe: "E o que foi que eu fiz?". Ele respondeu: "Tentou atacar uma moça inocente que confiou em você. Ela subiu até sua casa com a premissa de que você é casado e de que sua esposa estava em casa". E eu disse: "Mas é isso mesmo!". Ele retrucou: "Não, sua esposa não estava em casa. Você não tem vergonha de tê-la agarrado dessa forma, exalando álcool e assim que ela entrou na sua casa? Isso é uma vergonha! E não existe outro nome para isso! Sei o que aconteceu em detalhes, então não tente fazer isso de novo!". Perguntei-lhe se era parente dela, ele disse que não. No entanto, explicou que vivia no bairro desde muito antes de aquela moça nascer e que a conhecia bem: tratava-se de uma moça inteligente e educada, porém, quando ficava muito nervosa, desmaiava. Em seguida, me aconselhou a prestar atenção nos irmãos, que eram capazes de fazer qualquer coisa e não se intimidavam, pois normalmente pessoas desse tipo — com as quais acontece o que aconteceu — ou se vingam pra valer, ou não dão as caras. Já esses eram chantagistas. "Você só vai conseguir evitar problemas com eles oferecendo dinheiro; caso contrário, cuidado, eles podem processá-lo, já que têm muitas testemunhas, e entre elas uma cujo depoimento não pode ser contestado: sua esposa! Já você não pode processá-los pelo que fizeram a ela. Para mim, isso está fora de cogitação, e não acho que eu esteja equivocado no meu modo de ver. Com certeza você viu onde o irmão mais velho pegou, apertando até ela chorar de vergonha, mais do que de dor. Você mesmo ficou espantado com a quantidade de lágrimas que jorravam do rosto dela. Sua esposa não vai gostar de dar início a um processo ainda que você queira; além do mais, não é possível processá-los em nome dela contra a vontade dela. Você está num impasse e a única solução é dinheiro!"

Meu Deus! Como ele ficara sabendo de todos esses detalhes? Será que teria sido pela própria moça? É lógico! Eles têm uma relação de longa data.

"Intervenha!", eu lhe disse.

Ele respondeu: "Não! Eu não posso intervir nem fazer o papel de mediador, porque há uma inimizade brutal entre mim e eles por causa dela!".

Não quis revelar "como" por causa dela, ou se havia algo mais.

O homem da mercearia me aconselhou a ligar para os irmãos imediatamente e apresentar-lhes uma solução, quinhentos dólares, assim a página seria virada e o assunto, esquecido de uma vez por todas.

"Tem certeza?"

Ele não me deu cem por cento de certeza, mas me aconselhou a proceder assim; afinal, ninguém pode garantir algo cem por cento, havia a possibilidade de eles exigirem mais do que essa quantia. Ainda assim, agindo desse modo, sem sombra de dúvida eu chegaria a uma solução, na opinião dele.

Já era tarde da noite, eu pensava no conselho do homem da mercearia sem chegar a uma conclusão. Por isso, em lugar de ligar para o irmão da costureira, liguei para minha esposa, no telefone dos pais dela, como última tentativa de falar com ela. Foi ela mesma que atendeu ao primeiro toque. Era o que eu esperava, esperava que ela estivesse sentada em frente à televisão assistindo a um desses filmes com cujas protagonistas ela se identifica, com o telefone ao alcance da mão, temendo que o toque acordasse seus pais, já que ela devia estar aguardando meu telefonema. Ela não falou muito, apesar de eu insistir, e, com a fala contida, disse que não voltaria para casa.

Ponto final. Já eu respondi, confiante: "Melhor assim!". Entre outras coisas, ela me disse: "Não vou perder tempo sendo sua empregada enquanto você estiver na cadeia por causa de uma tentativa de estupro contra a filha doente dos vizinhos!". "Que estupro? Que doente? Que filha dos vizinhos?! Você a conhece tanto quanto eu, talvez até mais."

E que papo é esse de prisão?!

Mas, antes de sintetizar meu posicionamento de enfrentamento apenas com estas palavras confiantes e incisivas — "Melhor assim!" —, tentei explicar que eu era inocente de tudo de que haviam tentado convencê-la. "Eu não fiz nada!", disse-lhe. "Ela se sentiu mal de repente enquanto estava na escada verificando as cortinas." Quanto ao que precisava ser feito na cortina, eu lhe disse: "Nós não percebemos que estavam faltando várias argolas". Expliquei-lhe também que encontrara a costureira por acaso enquanto voltava para casa, quando lhe contara a respeito das argolas. Não pensei nem por um instante que ela subiria na mesma hora. No entanto, minha mulher não quis me ouvir, pois já estava convencida das informações que obtivera. Estava convencida do que queria que a tivessem convencido, do que lhe convinha. Estava convencida de que seu posicionamento era correto, assim como de sua decisão de não voltar para casa. Foi quando a questionei: "Você não vai voltar para casa hoje à noite?".

Ela respondeu: "Nem hoje à noite, nem na noite seguinte, nem em noite nenhuma!".

"Melhor assim!", falei, totalmente confiante.

Não me restara outra escolha — sozinho em casa, fim de tarde, começo da noite — a não ser inaugurar minha televisão nova sem a presença da minha esposa; já não fazia sentido esperá-la, uma vez que talvez ela voltasse dias mais tarde, quem sabe uma semana, ou mais. Afinal de contas, é da natureza da minha mulher ser teimosa, e com certeza ela tentaria impor novas condições, como costumava acontecer toda vez que divergíamos, mesmo que por alguma bobagem: ela sempre exagerava e não voltava atrás, exceto quando sentia que conquistara terreno. De todo modo, aquela não era a primeira vez que ela deixava nossa casa e ia dormir na casa da mãe, por isso eu estava certo de que voltaria, apesar de saber que esta vez não seria como as outras.

"Não vou dar as caras em lugar nenhum do bairro de agora em diante", ela gritou ao telefone. "Não vou aguentar me encontrar com ela nem com nenhum dos irmãos dela!" Apesar disso, estou certo de que ela voltará, já que ainda não mostrei todas as minhas cartas e tampouco as joguei na cara da mãe dela — diante de todos —, para vê-la esconder a cabeça dentro do casaco, envergonhada da filha que tanto defende. Aí então ela voltará de cabeça baixa, humilhada, jogada pelos cantos, e não mais ocupando o centro da casa! Contudo, só a aceitarei de volta digna e honrada, pois se trata da minha esposa!

Sua estada fora de casa não durará muito, ela voltará. Pode ser que demore vários dias, mas ainda assim voltará.

Pensei em cultivar meu primeiro desejo, isto é, aguardar que ela mesma inaugurasse nossa televisão nova, no entanto eu não aguentaria esperar tanto assim — sozinho durante dias —, enquanto ela desfrutava do que bem entendesse na casa dos pais. Num impulso de raiva peguei o controle, liguei o televisor e comecei — sem o menor sentimento de culpa — a mudar de um canal para outro, com o objetivo de conhecer o conteúdo de cada um.

Senhor!

Dezenas de canais de todos os cantos do mundo! Oitenta canais! Em todas as línguas do planeta, de tudo quanto é tipo, distintas cores, cenários, tipos de gente e filmes. Mas quase todos os filmes, em todos os canais, eram em inglês. Alguns com legenda, alguns dublados e outros puramente em inglês, sem auxílio nenhum. Realmente espantoso. Fiquei bastante incomodado por não saber inglês, dei-me conta de quantas coisas estava perdendo. Enxurradas de notícias, filmes e programas que jorravam à minha frente sem que eu pudesse aproveitar como deveria. Senti-me injustiçado e pensei: "Nos dias de hoje, saber inglês é uma das condições para se ter justiça".

Não tenho ideia de quanto tempo se passou. Eu pulava de um canal para outro, separava e salvava os canais segundo meu gosto. Foi quando deparei com um filme que me atingiu feito um choque elétrico. Um filme pornô! "Será que minha esposa está assistindo a isso?!", foi a primeira coisa que me veio à cabeça. Minha vontade era falar com ela no mesmo instante para averiguar. Bem que ela podia não ter esquecido o telefone em casa, pois assim não teria sido necessário cancelar e trocar o número e eu teria conseguido ligar para ela; afinal não era razoável ligar tão tarde da noite para um telefone fixo. Esses pensamentos me levavam para longe, ao mesmo tempo que assistia àquelas cenas ininterruptas projetadas diante de mim. As suposições me levaram a me perguntar se minha esposa estaria assistindo ao filme sozinha — na casa dos pais, que com certeza dormiam —, ou quem sabe na companhia de alguém, já que, até onde sei, ela tinha o hábito de chamar os amigos para entrar em casa tarde da noite, enquanto os pais dormiam. Inclusive, certa vez, ela me chamou para entrar já bem tarde, mas em silêncio, para não despertar os pais. "Por aqui", disse, "sente-se aqui." Pediu que eu me sentasse num canto da sala onde sabia que os pais não iriam passar, e sentou-se perto de mim. Passamos um longo tempo juntos, numa posição íntima, minha mão podia agir livre e vagarosamente, ao passo que assistíamos a um filme picante. Antes de ir embora, confessei que aquela havia sido a primeira vez na minha vida em que eu fazia aquilo, ou seja, ficar na casa de uma moça até tão tarde, na casa dos pais — que dormiam —, e ainda mais daquele jeito. Minha expectativa, no entanto, era de que ela me respondesse que também havia sido sua primeira vez, só que ela não respondeu nada, como se nem tivesse ouvido o que eu disse.

As cenas continuaram passando diante de mim, provocando um misto de espanto, repulsa, excitação e medo.

Medo talvez de que alguém me pegasse no pulo. Mas também constrangimento, talvez pelo fato de que, sem um pingo de vergonha pelo que faziam na minha frente, aquelas pessoas podiam dar-se conta de mim, de que eu as observava. Foi então, como um safanão-surpresa, que o olhar da mulher recaiu sobre mim, dependurada no pênis do seu parceiro como se fosse sua tábua de salvação ou quem sabe uma relíquia pela qual valesse a pena derramar sangue. Seu olhar, voltando-se para mim e para a câmera, com uma vulgaridade opressora, foi como um tapa, estragando meu prazer, minha sensação de controle e minha intimidade. Era como se ela tivesse percebido que eu a observava completamente compenetrado e que iria dizer, em tom de deboche: "Também estou te vendo". Ou então foi como se ela me dissesse com o olhar que não fazia aquilo às escondidas, pelo contrário, que sabia que a câmera a transmitia para o mundo todo, e logo a sensação era de que eu estava sendo observado por outras pessoas também. A raiva me consumia, comecei a arder de ciúmes assim que a câmera parou sobre o pênis do rapaz, entre as mãos da parceira agachada junto a ele, revelando-o como se fosse um monumento pagão radioso, poderoso e capaz. Senti ciúmes, porque recordei o que minha esposa me dissera um pouco antes de casarmos. Fazíamos um passeio pela costa ao pôr do sol, na *corniche* de Al-Manara. O sol parecia um disco de fogo incandescente que começava a tocar o mar, e paramos para contemplá-lo. Detive-me para apreciar e desfrutar aquela visão onírica, uma vista ao mesmo tempo surpreendente e familiar, enquanto ela sorria e tentava conter o riso. Disse-lhe: "Olha só que beleza! É como se o disco do sol fosse uma bola de fogo que afunda no mar. E é maravilhoso que o disco em chamas toque a água sem cobrir o horizonte de vapor!". Então ela desembestou a gargalhar, sem motivo, e eu me espantei. Nem precisei perguntar-lhe a razão, ela se adiantou dizendo que certa vez alguém comparara o formato arredondado do sol à cabeça do seu pênis ereto: "Ele disse: olha lá o sol, é que nem a cabeça do meu pa…".

De quem ela ouve essas coisas, com que tipo de gente está andando?

"Do que você está falando?", perguntei surpreso, sem acreditar nos meus ouvidos, afinal eu esperava que ela apreciasse minhas belas palavras poéticas, que se sentisse tocada, pois as pronunciei em voz baixa, como pedia aquela cena mágica. Ela continuou: "Eu me lembrei do que o companheiro de uma amiga disse. Ele se irritou quando ela perguntou: 'Você não gosta do pôr do sol? Olhe este sol que é como…', e ele não deixou que ela terminasse, completando: 'Como a cabeça do meu pa…!'".

Então minha noiva, que dentro de pouco tempo seria minha esposa, num ataque de histeria, desembestou a gargalhar. Meus olhos se arregalaram quando ouvi o que ela disse. Enquanto a observava rindo daquele jeito, sem conseguir se conter, começavam a chegar à *corniche* pessoas que não podem bancar o verão fora da cidade; já não havia sol e o calor estava mais brando. O que pode haver de tão engraçado nessa comparação vulgar? Até onde sei, por experiência própria, apenas os homens quando estão entre si dão risada disso, e homens de certo nível. Ao me ver tão perplexo, ela me pegou pela mão e disse: "Sou feliz por você ser tão educado. Eu te amo, meu marido!". Envergonhou-se do que disse, arrependida, o que era um sinal animador de que eu estava progredindo na direção correta. Por essa razão eu tinha que ter paciência, pois a situação merecia; afinal, tratava-se de um casamento para a vida inteira, com filhos e todo um futuro pela frente. Toda vez que isso acontecer, devo deixá-la descobrir seu erro com delicadeza, sem oprimi-la.

Gostei que ela tivesse me chamado de marido sem estarmos casados ainda. Meu sonho era que ela dissesse: "Quero engravidar logo de você", esperava que me dissesse isso antes de nos casarmos ou quem sabe depois, mas, ainda assim, antes de engravidar; eu esperava que me dissesse em inglês, *pregnant*, como era costume quando se tocava em questões que requerem pudor. Inclusive, foi com ela que aprendi essa palavra, já que ela sempre a utilizava, em vez de "grávida". Apesar da bela impressão que me causara ao me chamar de marido, eu não podia evitar pensar no choque que essa comparação estranha me provocara. Teria sido realmente o companheiro de uma amiga dela que dissera aquilo, ou ela teria inventado esse amigo de uma amiga quando na verdade ela mesma é que teria visto a tal semelhança entre o sol se ocultando atrás do mar, na costa de Beirute, e a cabeça de uma pica vermelha bem dura e excitada? De onde ela teria tirado aquilo?

A verdade é que o ser humano só faz comparações entre coisas que conhece ou já experimentou.

As cenas continuavam passando diante de mim, subjugando-me, até que meu desejo foi aumentando de um modo como nunca acontecera. Certa vez minha esposa me disse que filme pornô é como fertilizante químico: acelera o crescimento do fruto, aumenta seu tamanho ao máximo, porém faz perder o mais importante, o gosto e o sabor! Onde ela teria aprendido aquilo? Sempre que me via espantado com algo que havia dito, ou quando conseguia ler a desconfiança e a dúvida nos meus olhos, minha esposa dizia que lera aquilo numa revista em inglês.

Depois que meu corpo relaxou, sentindo o cansaço me dominar por completo, peguei alguns lenços Kleenex, puxando com eles um bilhete de promoção que a empresa faz a fim de promover seu produto. Limpei o sêmen em mim e antes de adormecer, no sofá onde estava sentado, desejei poder cobrir aquele aparelho à minha frente — quero dizer, a televisão — com algo espesso, com aço, de modo que tudo o que se passa dentro dele não jorrasse dali para fora. Senhor! Essa é a bomba atômica da qual todos falam: será que ela vai explodir? Acho que era por isso que meu pai tinha tanto medo e tentou adiar o máximo que pôde a compra de uma dessas. Tanto é que, quando conseguimos ter uma, ele foi categórico em relação ao tempo que passávamos sentados diante dela. Repetia sempre que a televisão lhe dava dor no coração, que o deixava atordoado e de mau humor, além de preocupado conosco, seus filhos. "Não estamos mais sozinhos em casa", dizia, "não somos mais seres humanos inteiros, agora não passamos de olhos vidrados e ouvidos atentos."

Dormi abalado pelo que vira, pois só aquele filme já era suficiente para pôr abaixo uma montanha, sem contar as dezenas de canais jorrando como uma cascata de dentro daquela caixa infernal, preenchendo o dia todo. Não vou ligar para o irmão da costureira amanhã, nem vou permitir que me chantageiem; não pagarei um único centavo em troca do silêncio deles. Amanhã sairei de casa normalmente, como se nada tivesse acontecido, afinal, nada aconteceu.

Esperava que minha tia fosse me ligar logo, para perguntar ou contar algo, ou no mínimo tentar saber se eu estava bem. No entanto, ela não ligou. Vou ligar para ela para perguntar se ela sabe que não deve contar nada à minha mãe. Não quero que minha mãe saiba de nada antes que tudo se esclareça; sei que é constrangedor ver o filho desorientado, sem um pingo de força numa condição frágil como essa. Ela poderia sentir-se arrasada. Uma vez que o caso ainda pode ser resolvido, não há necessidade de mostrar minha fraqueza com relação à minha esposa diante dos olhos da minha mãe. Também não há necessidade de submetê-la a esse choque, ou lhe dar essa preocupação. Por isso não quero que ninguém saiba.

Seria possível que até aquele momento minha mãe não soubesse o que havia acontecido?

No início do primeiro dia, depois da minha esposa ter me deixado, eu disse para mim mesmo: esta fase é uma queda de braço entre mim e ela. É só o começo, por isso tenho que saber bem o movimento que vou fazer, e ficar bastante cauteloso e atento. Não devo esquecer que não cometi nenhum crime e que não fiz nada que mereça represálias. Devo insistir nesse posicionamento, que é o correto! Devo agir como se tudo o que aconteceu tivesse sido planejado com cautela, como se fosse uma armadilha, como se fosse exatamente o que minha esposa queria, como se tudo o que ela desejava há tempos tivesse se tornado realidade. É isso. Agora ela tem a desculpa de que precisava. Ainda assim, apesar de tudo, estou certo de que voltará.

Voltará amanhã, quem sabe hoje mesmo.

Não telefonei para nenhum dos meus amigos naquele dia. Liguei a secretária eletrônica para poder atender apenas quem eu quisesse, pois certamente não queria falar com o irmão da costureira, que já havia ligado duas vezes, deixando como mensagem apenas seu nome. Também não queria falar com alguém que talvez fosse perguntar pela minha esposa, como parentes e amigos. Afinal, não é fácil falar desse assunto, porque me expõe, isto é, expõe minha situação em casa, expõe que as coisas não estão sob meu controle. Não gosto que digam por aí que minha esposa bate a porta e vai embora quando bem entende, como se eu não existisse. Não gosto que digam por aí que não a "satisfaço" ou que não "providencio" tudo aquilo que ela deseja. O que se diz entre meus amigos é que, quando o marido "satisfaz" a esposa — sexualmente é claro — e lhe "providencia" tudo de que necessita, é impossível ela reclamar de alguma coisa. Fico possesso quando me lembro do que dizem meus amigos: fulana vai para a cama com fulano porque o marido cai no sono assim que encosta a cabeça no travesseiro. Por isso mesmo é que de noite não durmo e tento puxá-la para mim, utilizando na maioria das vezes algum truque, ou às vezes a força. Por outro lado, se a teoria dos meus amigos estiver certa, seria eu quem deveria escapar para dormir com outra mulher, porque é minha esposa que, sem nem encostar a cabeça no travesseiro, já cai no sono feito morta! "Minha esposa chega a *uivar* quando a penetro", disse certa vez um dos meus conhecidos, sugerindo que mulher nenhuma aguentava sua virilidade e que ele era invejado por isso, que sua mulher jamais o abandonaria ou bateria a porta na cara dele sem nem dizer "tchau", porque ela bem sabia que não encontraria outro homem tão viril quanto ele; além do mais, as mulheres trocam histórias entre si. Isso para ele é uma medalha digna de carregar no peito.

    Não liguei para nenhum dos meus amigos ao longo daquele dia que passei em casa sozinho, vendo na televisão como este mundo é impressionante. De certa forma, meu pai realmente tinha razão: a televisão é um mundo que, no mínimo, arrasa o ser humano, com tudo o que tem de encanto e perigo, de eficaz e influente. Ao assistir àquelas cenas, mulheres encantadoras, programas, animais e florestas, quase me esqueci do problema com a costureira e com minha esposa. Assisti a uma mulher que deu à luz uma menina sobre o galho de uma árvore na qual se refugiaram dezenas de pessoas que tentavam escapar de uma inundação que cobrira por inteiro o país em que viviam; logo veio um helicóptero tripulado por gente branca que salvou a mulher e o bebê primeiro e depois os outros. Fiquei surpreso e torci para que houvesse libaneses entre os socorristas, pois a fama dos libaneses lá na África, como mostram as notícias aqui no Líbano, não é muito boa. Assisti ao homem pousando na Lua numa retrospectiva, assisti à vida sexual de alguns animais — e confesso que fiquei excitado —, assisti a modelos em desfiles por horas inteiras, modelos, modelos e mais modelos, roupas, roupas e mais roupas, do casaco que cobre o corpo todo até o traje de banho que cobre o mínimo do mínimo, além de roupas que mostram mais do que escondem. Assisti a um filme que acredito ser alemão, em que duas moças — com menos de vinte anos, com certeza — se beijavam com afeto, desejo e paixão! Assisti a uma partida de futebol entre dois clubes do Equador, a que jamais sonhara assistir — a propósito, certa vez minha esposa me contou que Madonna, a famosa cantora, ícone feminino e sexual, estava interessada no goleiro da seleção italiana, e chegou a declarar publicamente que tinha vontade de conhecê-lo; assisti também a um torneio de tênis e a um jogo de basquete, vi a grandiosa muralha da China, mágicos e ilusionistas, mas também acrobatas de circo entre os quais havia mulheres esbeltas e encantadoras. Houve algo que não vi ao longo daquele dia?!

Estou cem por cento seguro de que, se minha esposa estiver diante da televisão agora, só vai se levantar dali quando tiver se esquecido de que algum dia já teve marido, esquecido de que eu algum dia cheguei a nascer e que pisei na grossa crosta do planeta Terra com meus pés. É um demônio! Quero dizer, a televisão.

Não liguei para ninguém o dia todo, embora tenha telefonado à tarde para ela — minha esposa — e quem atendeu foi a mãe, dizendo que ela não estava. Eu disse "obrigado" e simplesmente desliguei na cara dela. Me enchi com essa resposta simulando inocência e desconhecimento dos fatos, revelando seu posicionamento em não querer intervir na nossa reconciliação e na nossa união. Ela não me perguntou nada. Parecia não estar minimamente interessada ou preocupada com o destino da filha. Depois que bati o telefone na cara dela, falei: "Também não estou preocupado! O que tiver de ser, será!". Então, deitei diante da televisão. (Fiz muito bem em comprar essa televisão! Senhor, o que eu teria feito o dia todo?!) Comecei a passar os canais, tinha que encontrar um filme bonito, um programa ou qualquer coisa a que pudesse passar a noite inteira assistindo. Estava com medo de sintonizar em um filme como o da véspera, mas dessa vez não aconteceu. Continuei mudando de canal sem encontrar nada de que gostasse, nem nos canais via satélite nem nos normais. A Guerra do Golfo terminara recentemente, portanto eu não veria aviões americanos, ingleses e franceses bombardeando com precisão alvos militares no Iraque; não veria o céu de Bagdá como uma grande faixa escura de *Chaos* atravessada por raios de luz que, pelo contexto, se deduz tratar-se de um bombardeio de alvos militares. Logo me arrependi! Me arrependi por ter demorado até aquele dia para comprar a televisão, afinal, nesse período havia perdido noites instigantes. Além disso, a Guerra do Líbano já havia acabado, então o que os canais regionais poderiam passar naquela noite? Nada! Diariamente, horas e mais horas são preenchidas com a transmissão de banalidades, como programas em que jovens mulheres têm rosto, braços e coxas à mostra, e muitas vezes o ventre, e pelas quais os homens do Golfo ficam seduzidos, permanecendo grudados na tela, como alegavam alguns jornais locais.

Segui passando de um canal para outro quando deparei com uma linda cena: o perfil é de uma mulher que conheço, Meryl Streep, ela apoia o rosto na mão e tem uma aliança no dedo; um enquadramento que parecia uma pintura esplendorosa, como uma que vi certa vez em algum lugar, talvez num livro. O rosto, como se tivesse sido filmado secretamente, passava uma paz interior, uma elegância! As pálpebras pesadas, movendo-se lentamente ao fechar e abrir os olhos. Esse enquadramento durou longos e prazerosos instantes, durante os quais essa dama disse uma única frase, a qual imaginei que fosse *I love you*. Não tenho certeza, mas parecia ser seguida por outra palavra no final, que não consegui distinguir, talvez o nome do interlocutor, isto é, o nome do filho dela, que me pareceu ser a pessoa a quem ela se dirigia ao falar.

Não sei nada de inglês, exceto algumas palavras e expressões que de tão usadas são como árabe. Por exemplo:

ok, *darling*, *wow!*, *tv*, além de *I love you*, conhecida por todo mundo, sobretudo quando pronunciada devagar e com clareza. Praticamente tive certeza da frase que ela usou depois de a câmera ter mostrado uma criança, provavelmente um menino, que estava sentado na cama diante dela.

Parece então que estou diante de uma mulher que põe o filho para dormir, deleitando-se com esse momento de tranquilidade. O que chama atenção, porém, é o fato de que essa mulher não está com roupa de noite, quer dizer, com trajes de quem já tirou a roupa que usou durante o dia; muito pelo contrário, parece uma mulher se preparando para sair. Mesmo assim, estar em trajes de quem se prepara para sair não invalida minha hipótese de que ela é uma mãe que põe o filho para dormir, e lhe diz *I love you*, enquanto ele adormece. Afinal de contas, sair à noite é um costume que as mulheres na América conhecem desde... só Deus sabe! E todo mundo tem conhecimento disso, pois as mulheres lá são como os homens, trabalham de dia e saem à noite.

A cena me tocou pela beleza e pela sensação de tranquilidade, segurança e serenidade que passava, e também porque eu gosto dessa atriz, Meryl Streep, ainda mais que uma mulher pondo o filho para dormir à noite é uma cena encantadora, da qual pode ser que eu me veja privado, já que minha mulher, quer dizer, minha esposa, me deixou antes de completarmos um mês de casados, voltou para a casa dos pais por eu ter feito algo abominável, inadmissível e inconveniente, ela pode chamar como quiser, no entanto isso não é motivo para uma mulher largar o marido. Não há nada que possa ser considerado um motivo para uma mulher largar o marido, exceto a agressão, pois, quando uma mulher encontra um louco deve se divorciar, com certeza.

Fiquei feliz quando tive certeza de que a mulher, Meryl Streep, disse ao filho: *I love you*. Que belos sentimentos e valores maternos, o carinho, o sacrifício, a dedicação total! Na América, o país da liberdade — mas também da libertinagem —, a mulher é carinhosa, se sacrifica e se dedica aos assuntos domésticos (e a verdade é que me alegra o fato de que existam carinho e espírito maternal na América, porque aqui basta saber ler o próprio nome para se usar a desculpa do modelo americano, de que se deve libertar a mulher e igualá-la ao homem). Quanto à minha esposa, ela ficou aborrecida porque "eu teria tentado estuprar uma moça doente e inocente!", como ela alega. Houve momentos em que ela foi mais longe ainda com suas acusações, alegando que estuprei a moça, que poderia até ter ficado grávida de mim: "Não aceito que meus filhos tenham um meio-irmão ou uma meia-irmã para as pessoas chamarem de bastardo, e, mesmo que a família dela a fizesse abortar, meus filhos teriam um irmão morto ou uma irmã morta!".

Então minha esposa é contra o aborto! Eu desconhecia isso, já que nunca discutimos o assunto. Ela considera que a criança abortada é uma pessoa morta. Eis aí uma nova informação que consegui obter sobre ela.

Em seguida, a câmera focou um homem num escritório: tratava-se de Dustin Hoffman no seu local de trabalho, sem dúvida. Ele conversava com os pés sobre a mesa, ao passo que seu colega se sentava atrás de uma mesa do lado oposto (as normas de etiqueta na América diferem essencialmente das nossas). Aqui, eu disse: "Este deve ser o filme em que Dustin Hoffman e Meryl Streep atuam juntos, aquele que trata do divórcio. Então essa é a oportunidade de vê-lo. Será que sou capaz de acompanhá-lo até o fim, sem entender uma palavra sequer?".

Dustin Hoffman fala rápido, e fala muito, de modo que eu não consegui entender uma só palavra. Tentei ouvir com bastante atenção para, quem sabe, reconhecer alguma palavra na sua fala corrida, intuindo seu significado, porém foi inútil. Não consegui entender uma sílaba do que ele dizia — só ouvia ruídos, muitos ruídos, embora familiares —, exceto por uma fala: "*Taxi! Taxi!*". Foi o que ele disse quando saiu na companhia do seu amigo, ou seria um colega de trabalho? Não entendi se estava chamando o táxi porque estava com pressa, por estar atrasado para um encontro, ou porque estava habituado a pegar táxi quando voltava do trabalho para casa. Os americanos são ricos, podem se permitir luxos como esse, sobretudo porque lá a maioria dos motoristas de táxi é do Terceiro Mundo.

Como é que se passa um filme num canal direcionado à nossa região sem tradução? Faz sentido isso? A tradução de um filme como esse não custa nem cem dólares. Muito estranho! O que é que os donos desses canais ganham, passando filmes sem tradução? Será que partem do pressuposto de que quem assiste a filmes como esse sabe inglês, ou então de que na globalização passamos a fazer parte das terras americanas, ou ainda de que dominamos o inglês de uma hora para outra? Vai saber! Pode ser que haja um canal turco, polonês ou mesmo holandês, dá pra imaginar?!

Quando Dustin Hoffman chegou em casa, Meryl Streep o esperava sentada, apreensiva, pronta; com a mala ao seu lado, fumava preocupada, triste, com os pensamentos distantes. Será que ela ia viajar repentinamente depois da notícia da morte de um parente próximo? Quem sabe o pai, a mãe, um irmão, uma irmã? Então bateram à porta e ela deu um pulo! Levantou-se para abrir e ele entrou (como de costume?), beijou-a na boca de leve (então ela é esposa dele! Mas por que ele bateu na porta? Ele não tem a chave da casa, não é o marido dela?), dirigiu-se imediatamente ao telefone e fez uma ligação. Enquanto isso, ela aguardava o término da ligação; por sua expressão, parecia ter algo difícil a dizer. Ela o olhava de modo estranho. Disse-lhe algo enquanto ele falava ao telefone, então ele tapou um ouvido para conseguir prestar atenção no que ouvia no outro ouvido; terminada a ligação, ela começou a tirar tudo o que tinha na bolsa e depositar na mesa, levantando à altura dos olhos dele para que ele visse claramente — primeiro a chave, depois vários cartões que os americanos sempre carregam consigo; em seguida, pegou a mala e abriu a porta para sair. Ele tentou impedi-la, mas ela insistiu, ele pegou a mala e ela saiu mesmo assim. Então ele tentou impedi-la de pegar o elevador; no entanto, depois de trocarem algumas palavras, ela conseguiu entrar no elevador e ficou aguardando a porta fechar. Nesse meio-tempo, um disse um monte de coisas para o outro, das quais não entendi uma só palavra, não reconheci nem uma sílaba. O que é que está se passando, Senhor, o que acontece com eles, na tela da minha própria televisão, que eu tive que dar o maior duro pra comprar? O que está se passando entre eles aqui na minha casa? Parece que ela está indo embora contra a vontade dele; mas afinal quem é ele e quem é ela? E quem são eles um em relação ao outro? Um casal com um único filho? Por que Meryl Streep está indo embora? Essa linda mulher, que há alguns instantes colocava o filho para dormir com um carinho com o qual poderia enfrentar os exércitos mais furiosos do mundo. Poderia uma esposa como ela ser capaz de largar o filho com o marido e partir? O que disseram um para o outro? Será que ela quer voltar para o ex-marido, ou quem sabe foi viver com o novo amante? Seria possível uma mãe tão afetuosa fazer uma coisa dessas? O que está se passando, então? Será que ela ficou sabendo que o marido se relacionava com outra mulher? Ou descobriu que ele tem tendências homossexuais?

Não, Meryl Streep! Não vá servir de exemplo para a minha esposa, pois eu te amo; quero te dizer (talvez você considere ingenuidade) que eu, no meu íntimo, me considero o homem ideal (o único) em cujos ombros você poderia derramar suas lágrimas!

Quando a porta se fechou, ocultando de mim aquele belo rosto que chorava, desconcertado, triste e preocupado, entrou o comercial. Percebi que o filme me envolvera por completo e me cativara, mesmo sem entender absolutamente nada! Eu sabia que na história o casal se separava por um motivo qualquer e que a esposa ganhava o processo de separação que pedira contra o marido, de modo que a decisão do juiz causou polêmica na América, mas eu não sabia por que Meryl Streep estava partindo daquela maneira da sua casa, abandonando o filho pequeno com o marido. Preciso assistir ao filme traduzido. Não vou conseguir continuar sem a tradução. Não sou masoquista a esse ponto.

Meryl Streep é uma mulher deslumbrante que me atrai; deleito-me com ela enquanto atua. Já Dustin Hoffman é um ator inteligente e convincente, porém, como homem, não combina com essa mulher por ter o cabelo comprido, como um daqueles intelectuais dos anos 60 que deixavam crescer duas coisas: o cabelo e o membro viril. E, quanto à beleza, não chega nem aos pés dela; ele tem um quê de ator de filme pornô barato de quinta, do tipo que, quando está de roupa, não atrai sequer um olhar. São escolhidos apenas pelo tamanho da virilidade. Creio que uma mulher desse tipo se casa com um homem como ele apenas por ingenuidade e por falta de conhecimento do próprio valor, na verdade. Além do mais, homens como ele são ardilosos ao lidar com esse tipo de mulher: iludem-nas com coisas e mais coisas, ou então simplesmente as compram. Um homem assim pode iludir uma mulher desse naipe dizendo que é garanhão, macho, rico, potente, sua última esperança, e o pior de tudo é que, quando conquistá-la, deixará de respeitá-la como ela merece.

Creio que o homem que saiu pela porta do escritório avisou Dustin Hoffman sobre o horário, talvez tenha lhe dito: "Você não está muito atrasado?", ou então: "Você sabe que horas são?", pois Dustin Hoffman olhou imediatamente para o relógio, antes de repetir o movimento que estava fazendo, e então se levantou. Esse que chamou atenção para o horário estaria ciente da condição da mulher dele e de como ela se sentia desprezada? Que tipo de marido é esse cujo amigo chama sua atenção para os deveres domésticos? Ou, ainda, para seus deveres em relação à esposa? Teria Meryl Streep desabafado suas aflições com aquele homem? E isso não desperta o interesse do marido, que teria que perguntar a ela qual é o significado dessa amizade tão íntima com seu amigo ou colega? A não ser que seja o próprio Dustin Hoffman quem conta aos colegas do escritório as constantes reclamações da esposa, como fazem muitos homens, partindo do pressuposto de que há cumplicidade entre eles contra as esposas, sobretudo no nosso país. Por exemplo, Abu Zahid, um amigo do café, dizia durante nossas conversas que, quando perdia a cabeça com a esposa, "ele socava tudo nela!", e que, como ela não gostava de ser comida por trás, ele a segurava pelo cabelo, virava-a de costas e metia nela a seco!

Que vergonha!

Que vergonha falar assim, espalhando os segredos da vida conjugal, ainda mais no que se refere à cama e ao que se passa nela entre marido e mulher, isso é definitivamente inaceitável, não há o que discutir.

Essa atitude é uma vergonha!

Em seguida ele gargalha, relinchando feito um cavalo, enquanto conta as histórias da esposa! Não dá para suportar uma coisa assim; se eu estivesse no lugar da esposa, teria me divorciado dele sem hesitar, eu o deixaria na mesma hora.

Essa mulher, Meryl Streep, um anjo desses, se me pedissem para escolher um homem para ela, quero dizer, um marido, seria difícil para mim, acho que impossível. No entanto, se me obrigassem mesmo assim a fazer uma escolha, eu desejaria para ela alguém de quem eu gostasse de um modo especial. Eu desejaria que ela fosse minha, só minha, pois quem mais mereceria tê-la? Isso não contradiz meu amor pela minha esposa de jeito nenhum, pois essas minhas palavras são palavras abstratas, fora de qualquer realidade, de qualquer contexto, expressam um desejo impossível de ser concretizado, já que, para isso, mil e uma condições teriam que ser preenchidas. Essas palavras não contradizem meu amor pela minha esposa porque estou me contorcendo de dor por ela ter me deixado, estou em chamas, então até as canções românticas estão combinando comigo, como se tivessem sido escritas para mim. Até algum tempo atrás, eu caçoava dessas canções melosas "que chegam a causar enjoo!" — como eu costumava descrevê-las —, porém fui forçado a mudar de opinião porque agora elas me tocam profundamente! Mas isso não significa que eu nunca fraquejei, pelo contrário, preciso tirar força dessa dor para sair dessa batalha vitorioso e para que o que aconteceu anteontem não se repita mais tarde, no futuro, tornando-se um hábito da minha mulher ir embora de casa com ou sem motivo.

A verdade é que só descobri como são profundos meus sentimentos pela minha esposa depois que ela me deixou. Essa é uma verdade que não posso negar, embora soubesse que estava começando a me apaixonar por ela seriamente. Quantas vezes falei isso pra ela! E ela sempre retrucava que minhas palavras se pareciam com as dos poetas dos livros.

Ao presenteá-la com uma corrente de ouro, que coloquei nela com minhas mãos, vi que a corrente ficou linda ao redor do seu pescoço, pendendo quase na altura dos seios. Então lhe disse: "O ouro ficou ainda mais precioso!".

Entretanto, esse meu amor pela minha esposa não exclui minha completa fixação pelo filme.

Fiquei grudado na tela, aguardando o fim dos comerciais: para onde Meryl Streep vai agora? Entreguei-me por inteiro a essa questão. Imaginei-me no que seria o lugar ideal para estar com ela, no caminho entre Trípoli e Beirute, o tempo frio e chuvoso, ela estava ali parada por alguma emergência, uma dama, uma moça de família, *chic*, sem malas. Tentava se proteger da ventania com a mão, então parei o carro bem na frente dela. Ela hesitou antes de entrar, mas se decidiu assim que sondou meu íntimo e percebeu que eu era gente boa, depois de um rápido olhar nos meus olhos.

Meryl Streep se transformara na mulher do sonho que mantenho guardado no íntimo há dez longos anos.

Não me lembro desde quando tenho esse sonho. Acho que desde que comecei a sentir que o casamento era necessário para mim, e que a cada minuto que passava tudo ficava ainda mais difícil.

Estou sozinho no carro, no trajeto que vai de Trípoli a Beirute, estou em alta velocidade, não por pressa, mas porque a velocidade desperta meus sentidos. Uma mulher pede que eu pare, ela tem a idade ideal, isto é, por volta dos trinta. Nota-se pela sua aparência que é uma verdadeira dama, linda como eu gosto que seja uma mulher, linda e completa, exatamente como seria a mulher com quem uma pessoa como eu sonharia encontrar. Paro sem que ela faça sinal, pra falar a verdade. Era a primeira vez que eu parava para uma mulher na minha vida; normalmente paro para um soldado ou um religioso, ou até para uma freira, isto é, para o tipo de gente que não causa problemas e ao mesmo tempo permite que eu ponha em prática minha humanidade. Não me atrapalhei ao parar, era como se já estivesse acostumado a fazer isso toda vez que visse uma mulher na estrada à espera de um carro. Ela se aproximou, abaixou-se e então disse, depois de me cumprimentar: "Beirute?".

Respondi: "Entre, por favor!".

Logo depois de se acomodar, ela diz: "Você não parece estar nervoso, embora seja a primeira vez que para para uma mulher".

Senhor! Ela é bruxa ou vidente?!

"Se você for realmente sério, estou pronta para casar com você agora mesmo. Me tome!" Ela diz isso com uma mescla de excitação, timidez, vergonha, mas também insistência. Era nítido que ela tinha profunda consciência do que dizia. Tinha consciência da enorme estranheza, mesmo assim insistiu em dizê-lo! Então segui meu caminho com um sentimento que crescia dentro de mim e que não podia ser ignorado, o sentimento de que certamente a felicidade estava nas minhas mãos.

O acaso! Como é belo o acaso! Como é belo as coisas acontecerem dessa forma, sem que se tenha que tomar iniciativas, sem se precaver, sem hesitar, sem pensar em ganhar ou perder!

Entretanto, dominei esse sentimento crescente de felicidade para não sentir mais tarde a decepção seguida da frustração, mas as palavras dela afastavam qualquer necessidade de que eu utilizasse minhas autodefesas. Perguntei: "Como você descobriu que sou solteiro?", e ela respondeu: "Não passou pela minha cabeça, nem por um instante, que você não fosse, afinal você é um solteiro de alma, mesmo se fosse casado e estivesse morando com sua esposa. Aposto minha vida nisso, como também aposto toda a esperança que me resta no que está por vir daqui para a frente, depois de tudo o que meu marido me fez!" (referindo-se ao filme). Prossegui: "E os filhos?", e ela respondeu: "Você é um pai amoroso e carinhoso, que se preocupa com seus filhos, é um absurdo que tenha filhos de uma mulher que não se sinta um só dia como sua propriedade, é isso mesmo, sua propriedade, está ouvindo? Para todo o sempre. Caso já tenha tido um filho, então com certeza você não demorou a perceber que foi um erro e que não o repetiria!". Suas palavras mexeram comigo profundamente, o que me levou a perguntar: "Menino ou menina?", e ela respondeu: "Antes eu queria ter uma menina, mas agora, por você, acho que seria melhor um menino, pois você não merece ter dor de cabeça!". Ela disse a última frase com uma convicção sem igual e com tamanha ternura que fez o batimento do meu coração acelerar um pouco, e a temperatura do meu corpo aumentar visivelmente! Quando chegamos a Dawra, na entrada de Beirute, eu lhe disse: "Não perguntei onde você gostaria que eu a deixasse, porque imaginei que você não se incomodaria de completar o caminho comigo até minha casa, para nos conhecermos melhor". Ela respondeu: "Reconheço que estou hesitante em aceitar, porém não estou convencida por completo de que devo recusar. Fui extremamente sincera com você. Esta é a primeira vez na minha vida que me comporto assim. Não preciso revelar que não é fácil para mim encontrar na estrada alguém de quem goste a ponto de acompanhá-lo até em casa, não sou desse tipo, não importa o quanto pareça que tenho valores ocidentais e liberais. No fundo, sou uma moça daqui, está ouvindo? Sou uma moça daqui quando a questão está ligada à essência!". Então começou a se mexer agitada, balançando o punho cerrado e repetindo a palavra "daqui", exatamente como aquelas pessoas que teimam até morrer no que dizem, e acrescentou: "Sou filha desta terra boa e generosa, tenho raízes profundas aqui".

Como é sério o que essa mulher está dizendo! É muito sério. São palavras que vêm das entranhas! Será que estou sonhando, ou o quê? Tive vontade de me beliscar, como numa história de *As mil e uma noites* em que um homem do povo não consegue acreditar no que está acontecendo ao ver-se nos braços de uma princesa de beleza inigualável.

Disse-lhe: "Não peço que tome uma decisão, mas peço que confie em mim. Simplesmente confie em mim". E completei: "Faça um teste comigo, deixe-me tomar as rédeas da sua vida por uma horinha". Então ela pegou na minha mão! Nem sabia onde estava minha mão, que de repente estava entre as suas, como se fosse uma dádiva do céu; se eu abdicasse dela, estaria fazendo mal à sua feminilidade, à pureza do seu espírito, bem como à sua consciência, assim como a tudo sobre o qual foram construídos o orgulho da sua existência e a honra de pertencer a si mesma, à sua família e à sua terra. Como eu poderia proteger as comportas da minha alma daquela inundação de felicidade? Como poderiam tais comportas resistir a uma inundação tão opressora? Em poucos instantes, o conteúdo da minha alma foi trocado, como se fosse um recipiente que tivesse sido esvaziado e preenchido com água límpida e purificadora. A felicidade transbordava na minha alma, afinal eu sei o que é a felicidade, eu sei bem. A felicidade é uma mulher completa, em todos os sentidos da palavra, é ela tomar sua mão e colocá-la entre as mãos dela, delicadas feito a seda, o afeto, o éter e a ternura de que você necessita.

Por fim, ela aceitou ir comigo para casa. Mas que casa?

Era exatamente nesse ponto do sonho que eu esbarrava com a questão da casa. Aonde vou levá-la agora, depois de ela ter concordado em ir para a minha casa? Eu moro com a minha mãe, na casa dos meus pais, e não tenho uma casa só minha. Quem dera fôssemos como os países ocidentais, onde o rapaz pode convidar a moça a ir até a casa dos pais e ficar a sós com ela no quarto. No entanto, eu moro com uma mãe que, desde que meu pai faleceu, se dedica exclusivamente a se queixar de mim para a irmã, minha tia, por notar nas minhas cuecas manchas de esperma que saem involuntariamente durante o sono. Ver isso a fazia perder a cabeça! Minha tia me contava que, não raro, minha mãe jogava a cueca no lixo de tanto ódio. Mas, desde que minha tia me advertiu sobre isso, passei a prestar bastante atenção, cuidando para eliminar todo rastro. O problema é que minha mãe deixou cair um objeto com alguma parte de metal na nossa máquina de lavar roupa da marca Candy, o que estragou a borracha da porta e a fez pagar uma quantia enorme pelo conserto. Desde então ela conferia cada peça que enfiava na máquina. Examinava a peça, depois punha na máquina. O problema é que o ser humano não está constantemente atento, às vezes tira a roupa e, despreocupado, a joga no cesto. Houve uma ocasião em que ela viu uma mancha de esperma na parte de trás da cueca, o que a deixou desconfiada a ponto de começar a me vigiar e a buscar rastros, até que os encontrou uma, duas vezes, chegando a duvidar da minha masculinidade. Sem hesitar, ela falou sobre isso com minha tia. O melhor de tudo é que minha mãe começou a chorar e a cantar canções tristes, lamentando sua sorte. De uma hora para outra ela passou a me ver como um filho desviado e perdido, minha sentença declarada num julgamento à distância sem precedentes. Minha mãe confidenciou à minha tia que desconfiava de mim desde a mais tenra idade, que se sentia triste quando eu era adolescente porque eu sempre fazia o papel das atrizes quando meus amigos e eu brincávamos de representar os personagens dos filmes a que assistíamos no cinema ou na televisão! Levei uma surra inesquecível quando minha mãe me viu com "meu marido" ou "meu noivo", ou um homem que me beijava na boca enquanto eu me entregava como uma dessas prostitutas que se entregam aos homens nos filmes! Minha tia tentou convencê-la de que essas suspeitas não faziam sentido, de que eu era um homem direito, era impossível que fosse homossexual. Foi quando minha mãe perguntou a ela de onde vinha tamanha convicção, o que deixou minha tia constrangida! Como o ser humano pode provar o improvável? Minha mãe continuou a pedir explicações, por meses, sem ninguém saber, sobre meus colegas e amigos, questionando a respeito dos relacionamentos deles e de suas amizades do gênero feminino.

Certa vez ela me disse: "Nenhum dos seus colegas tem vida normal!", e eu respondi: "O que você quer dizer? Todos têm uma vida normal". Ela retrucou: "Não! Nenhum deles conhece uma moça!", então respondi: "E como você sabe disso? Em que planeta você vive? Desde quando os jovens saem anunciando por aí seus casos com as moças aqui no nosso país?".

A mesma mãe que me disse isso um dia quase desmaiou de tanta raiva ao ver uma garota vestindo roupas curtas. Ela chegava a cuspir para afastar o demônio dela e de quem a estivesse acompanhando ao ver um homem e uma mulher numa situação "imprópria". Para minha mãe, uma situação imprópria era um homem pôr a mão sobre o ombro da mulher no meio da rua, ou então entrelaçar sua mão na dela. "Ninguém mais teme a Deus!", costumava dizer. Ela sentia falta de ver meninos e meninas juntos durante o período em que pensava que eu era homossexual e, ainda por cima, um homossexual afeminado, isto é, não era o macho ativo, e sim a fêmea passiva. Depois, sua imaginação a fez lembrar de que, quando eu jogava futebol com meus amigos, só gostava de ser o goleiro! Minha tia deu muita risada quando minha mãe lhe contou isso, porque não entendeu exatamente o que ela queria dizer. Só muito mais tarde é que ela foi entender. Na cabeça da minha mãe, o que iguala o goleiro à fêmea é que os dois são o alvo, nos dois entra alguma coisa e os dois ficam parados à espera de que os outros corram atrás deles!

Que imaginação terrível, doentia. É isso mesmo, doentia! Por acaso a imaginação da mãe de um ser humano não pode ser doentia?

Afinal, quem tem uma imaginação que chega tão longe assim?!

Não dá para entender!

"Você não vê os meninos que defendem o gol?", disse minha tia a ela. "Cada um daqueles goleiros tem virilidade suficiente para um clube inteiro de garotas." Não tenho ideia de onde minha tia tirou isso.

Quando eu chegava a esse ponto do sonho, isto é, quando a mulher que encontrei no meio da estrada vinha até a minha casa, eu começava a despertar do meu transe por conta da questão que preocupava meu íntimo: a casa! Meu sonho era ter uma casa só pra mim, para eu entrar quando quisesse, sair quando quisesse e receber quem eu quisesse. E, agora que o sonho se tornara realidade, minha esposa havia me deixado. Ainda assim, meu lar continuava a ser meu, pois o contrato de aluguel estava no meu nome; e o sonho que eu tinha, depois de começar a sentir que estava demorando para casar, continuava a ser o meu sonho, invadindo minha cabeça mais que qualquer outra coisa, sempre que eu me rendia ao cansaço, ao tédio ou ao desespero. Será que esse sonho poderia se concretizar? Jamais! Apesar disso, estava muito preocupado com Meryl Streep e para onde ela iria depois de sair da casa dela, depois de abandonar o filho e o marido. Pensei muito, durante o comercial, para onde uma mulher como ela iria. Foi embora de casa porque não suportava mais o descaso do marido e, ao que parece, só deu esse passo depois de ter tentado de tudo, principalmente sendo tão bela, tão carinhosa e tão dócil. Quem a vê se debruçando daquela forma sobre o filho, beijando-o de modo tão puro, fica com o coração partido, sem acreditar que ela deixaria sua casa se não tivesse ficado realmente cheia de tudo.

É evidente!

Existe uma diferença enorme entre a matéria de que é feita sua alma e a matéria de que é feita a alma do seu marido. Ela é de um nível muito mais alto que o dele, porque ele, quando fala, parece um louco. Entendo que os pais fiquem tristes quando nascem meninas. Sabe lá Deus quem elas vão acabar conhecendo! Não desejo ter uma filha, não pelo fato de não gostar de meninas ou por ser tradicional e conservador, mas sim para evitar problemas desse tipo. No fim das contas, o marido da Meryl Streep nem se parece com aqueles atores loiros cujos dentes brilham quando sorriem, fazendo a boca soltar faíscas estelares.

Será que Meryl Streep também vai para a casa dos pais, como fez minha esposa?

Parece que minha esposa está contente na casa dos pais, pelo que andam dizendo.

Como Meryl Streep foi deixar o filho com o pai? Por que não o levou consigo? Ela deveria ter levado o menino. Teria sido melhor para ela. Quem sabe se tivesse levado o filho, ele a teria impedido de ir, ou, quem sabe — por que estou afastando essa hipótese? —, ela estivesse indo para a casa do amante, que não quer saber do filho que pertence ao marido, afinal quem sabe o que uma mulher é capaz de esconder! Lá naquela parte do mundo não há ninguém que possa impedir a mulher de largar o marido e dormir na casa de outro homem, isso é considerado um direito dela. Eu gostaria que ela não estivesse indo para a casa do amante. Na verdade, gostaria mesmo que, no final das contas, ela voltasse para a casa dela, para o filho dela e para a família dela. É verdade que o marido não está à altura dela, ela poderia muito bem conseguir um marido mil vezes melhor, mesmo divorciada e com um filho, porém o erro já estava feito, ela já aceitara se casar, ela se casara com ele e tivera um filho dele, acima de tudo. Não havia mais como consertar o que aconteceu, deixando o filho com o pai daquela forma, uma vez que um erro não se conserta com outro erro. Digo isso ainda que, lá no fundo, deseje que ela não volte para ele, o sujeito não é mesmo o homem ideal para ela. Mas, não há escapatória.

Acredito que ela não tenha escolha a não ser voltar para o marido. Antes disso, é preciso dar uma lição nele, para que perceba quem ela é, exatamente, e para que saiba quais são os limites que não deve ultrapassar, compreendendo que ela não ficou com ele por seus belos olhos, mas porque respeita a si mesma e não há nada mais valioso para ela que a felicidade do filho, fruto das suas entranhas. Além do mais, quando toma uma decisão, ela vai até o fim, custe o que custar.

Juro por Deus que, se eu tivesse uma mulher daquelas, jamais pisaria na bola com ela.

Acredito que no final seja isso que ela deva fazer. Ainda que, a partir de agora e até chegar o momento, deva ter paciência para pôr à prova as verdadeiras intenções dele, para que ele sofra pela ausência dela e acabe por reconhecer seu erro, declarando seu arrependimento de uma vez por todas, sem voltar atrás. Foi isso que pensei que minha esposa faria comigo, apesar de ela não ser a Meryl Streep nem eu o Dustin Hoffman, sorte minha.

Depois de dois dias de ausência, eu ainda esperava que ela fosse aceitar meu ponto de vista, minhas explicações para o caso e meu pedido de desculpas. Esperava que fosse voltar para casa, sua casa, satisfeita consigo, de modo que as pessoas ficariam felizes por ela, até mesmo os anjos do céu ficariam felizes por ela.

Ela voltaria e começaríamos um novo relacionamento.

Mas, uma semana?! Um mês?! Dois meses!

Se ela queria me dar uma lição, foi bem-sucedida, porque o tempo que ficou fora de casa, na casa dos pais, era muito mais do que um marido podia suportar. Esse tempo bastou para eu aprender a lição. Foi o suficiente para ela refrescar a cabeça, ainda mais depois que prometi que daquele momento em diante tudo seria do jeito que ela quisesse! E isso partindo do pressuposto de que o que aconteceu realmente aconteceu, isto é, que eu teria tentado algo com aquela moça, embora eu negue e tenha dito que nada aconteceu. Qual seria então a desculpa esfarrapada para não voltar atrás da sua decisão de não querer voltar para casa? Ora, ela ainda é recém-casada e a decisão foi tomada no calor da raiva.

Ao perceber que o filme que passava era exatamente *Kramer vs. Kramer*, mudei de canal no mesmo instante, mecanicamente, sem nem me dar conta, para não deixar minha esposa assistir, porque ela adora esses filmes, adora tramas e histórias desse tipo.

"Assim que comprarmos a televisão, assinaremos a tevê a cabo para termos dezenas de canais, teremos mais canais que meus pais", dizia minha esposa. Ela disse isso porque as empresas de tevê a cabo cortam alguns canais escandalosos para determinado perfil de assinantes, como o dos pais dela, por exemplo. Contudo, ela não queria ser privada de nada, nem mesmo dos canais que exibem programas e filmes extremamente obscenos. Se não se sentisse constrangida por mim, teria comprado a televisão antes da geladeira e dos móveis do quarto, com certeza *antes* dos móveis do quarto. Às vezes ela chegava a dormir no sofá da sala, se não fosse pela minha insistência de levá-la para a nossa cama, ou se eu não a ameaçasse e repreendesse pelas consequências do seu comportamento.

"E qual é a consequência do meu comportamento?", disse ela certa vez. Respondi: "O desmoronamento do lar". "E ele está de pé, por acaso?", ela retrucou.

Certa vez, ela insistiu muito em passar a noite toda no sofá. Pela manhã, vestiu-se com pressa e foi para a casa dos pais para continuar a dormir. Fazia isso por qualquer coisinha, recorria a uma desculpa tola, com motivo ou sem. Punia a si mesma ao dormir sozinha no sofá, deixando sua cama, onde eu a cobria de carinho e demonstrava todo o meu interesse por ela. Eu a tratava como uma verdadeira rainha. Foi isso que fiz na primeira vez que a penetrei por completo, isto é, que a arrombei, como se diz vulgarmente, depois de nos mudarmos para o nosso apartamento novo e após dias e noites de paciência. Para mim, foi uma surpresa enorme e um choque inesperado. Eu estava tendo um desses papos de recém-casados, naquela que era nossa primeira noite de verdade como marido e mulher, no sentido pleno da palavra. Estávamos trocando histórias que conhecíamos sobre a primeira noite de casados, sobre a virgindade, sua importância e sobre como alguns povos não se importavam com isso, diferentemente de nós, que preferimos, por ser nosso costume, que a moça seja virgem e não o oposto, pois a virgem tem a memória intacta em certo sentido, visto que nunca terá que dividir seu amor entre seu marido e outro homem. Às vezes, a jovem que foge desses costumes por imprudência ou por qualquer outro motivo, e perde a virgindade, busca depois remendar o que lhe foi rasgado para conseguir se casar, caso contrário ninguém vai querê-la. No entanto ela se opôs, e disse que muitas moças hoje em dia rejeitam essa ideia e não admitem se casar com um homem que não as aceite do jeito que são. Perguntei, espantado: "Muitas?"; e ela respondeu: "Relativamente sim!".

Eu lhe disse que isso é raro de acontecer, a não ser em alguns meios, e por isso é algo insignificante.

Essa conversa aconteceu na cama, um pouco antes de eu penetrá-la, antes de arrombá-la, atravessar seu hímen e desvirginá-la. Enquanto me dedicava a isso, sem saber por onde começar ou terminar, ela me repreendeu: "Cuidado! Não me trate como se eu fosse um carro roubado que você não vai conseguir licenciar. Vai devagar", dizia. "Finja que sou um carro parcelado." Eu apreciava o modo como ela me orientava quanto ao que gostava. Então fiz o que ela pedia em respeito aos seus sentimentos, com um desejo sincero de compartilhar esse prazer raro que acontece uma vez na vida, para mim e para ela. No entanto, apesar de toda a boa vontade que demonstrei, ela sentia dor demais quando eu tentava penetrá-la, obrigando-me a recuar e tentar de novo.

Na verdade, ela não queria que eu a violasse com tanta pressa. Queria adiar a conclusão do ato para outro momento, dentro de uma semana ou duas, talvez até mais, o que nos limitava a preliminares, até que estivéssemos prontos psicologicamente e, como ela dizia, também fisicamente. Quando deixei transparecer meu espanto por ela dizer "fisicamente", ela respondeu que as coisas estavam interligadas. Até quando adiaríamos? Fazia dias que ela me pedia para ter paciência, fazia dias que eu me rendia aos desejos dela e aceitava esperar, mas até quando? E então?

Eu ainda não tinha assimilado que era do feitio dela postergar as coisas. Afinal, antes, quis adiar o casamento, por isso adiamos. Depois, quis protelar por mais semanas, porém recusei com determinação: se já estava tudo pronto, qual era a necessidade de adiá-lo? Já tínhamos alugado e mobiliado o apartamento, o que mais nos faltava? Eu estava com trinta e cinco anos de idade e ela com trinta, o que estávamos esperando? Havia anos que eu não conseguia me decidir nem escolher uma moça igual a ela. Já tinha perdido as esperanças de procurar uma que me fosse conveniente, e vice-versa, e agora que estava tudo pronto e eu havia decidido me casar, sonhando com um filho que viesse a ser a luz dos meus olhos nove meses depois, eu não iria voltar atrás. Além de tudo, seu estado fértil estava se aproximando do fim. O que mais ela queria aguardar?

"E por que a pressa?"

Essa foi sua única resposta, e não disse mais nada. Essa desculpa provocava um aperto no meu peito, ou melhor, essa "não desculpa" que ela estava dando. Eu me irritava com esse posicionamento estranho e espantoso dela, que não convencia ninguém, nem mesmo sua mãe, que sempre a apoiava, exceto nessa questão. Sua mãe jamais a contrariava, a não ser dessa vez! Quem me dera ela tivesse estado de acordo dessa vez! Quem me dera ela tivesse encorajado a filha a adiar o casamento, de modo que o casamento não tivesse vingado e quem sabe não tivéssemos chegado onde chegamos.

"Fé em Deus, minha filha, essas coisas não se adiam!", dizia a mãe num tom sério. E isso aconteceu mesmo a mãe dela sendo uma mulher de mente muito aberta, que aceitava as novidades de peito aberto — não raro até com afobação. Apesar de já ter chegado aos setenta anos, ela amava viver, festejar à noite e fumar. Ela fuma demais e até bebe cerveja! Sem falar que gosta de Sabah! É isso mesmo, ela gosta da cantora Sabah, porém de um jeito muito particular. Quando tomava conhecimento de que Sabah apareceria na televisão à noite, já iniciava os preparativos, programando-se para ficar acordada. Como ela ria — chegava a chorar de tanto rir — e se dirigia à cantora utilizando palavras doces como "veja a *Sabbuha*". Dançava e se remexia no sofá, enquanto Sabah cantava aquela canção na qual aparece a palavra *sabbuha*, diminutivo do nome da artista. Ela começava a bater com as mãos nas coxas, abanando o vestido para cima e para baixo como se estivesse em pleno verão, sozinha no quarto, como para ventilar e refrescar o corpo!

Nós nos casamos e nos mudamos para a nossa casa por insistência minha e pela pressão da mãe dela. Minha tia, por sua vez, ficou quieta e não deu uma opinião sequer sobre o assunto, ainda que minha esposa continuasse a fazer-lhe visitas diárias naquela época. Bastante estranho!

No final das contas, ela concordou em definir a data do casamento, sem que ninguém a obrigasse. Fui franco ao extremo com ela e lhe pedi que, se não quisesse mais se casar, anunciasse isso para seus pais, minha mãe, minha tia e os parentes. Então ela respondeu de forma enfática que queria se casar, sim. No entanto, às vezes, quando saíamos juntos, ela me pedia para não ter pressa com esse assunto. Era estranho como ela se sentia forte quando estávamos só nós dois. Ela me dominava quando estava sozinha comigo, por isso eu sempre procurava fazer com que declarasse seu compromisso com algo importante diante de todos os parentes e, sobretudo, na presença da mãe, para que esta dificultasse as coisas se ela se arrependesse mais tarde. Havia momentos em que eu a constrangia, com o objetivo de fazê-la manifestar publicamente uma opinião que ela disfarçava, como acerca de ter um filho logo, já que seu desejo era adiar a gravidez para "a hora certa". Assim, eu iniciava de propósito esse tipo de conversa diante de todos, para que, caso ela expressasse sua opinião, as pessoas a repreendessem!

"E quando será a hora certa?", perguntavam-lhe em coro.

Voltando à questão de ela estar psicológica e fisicamente preparada... Esperei com paciência por vários dias até que isso acontecesse; enquanto esperava, consultei religiosos e também outras pessoas, que me aconselharam a ter paciência e firmeza ao mesmo tempo, e que usasse a língua para falar e para outras coisas, e que fizesse uso das mãos, mas também de gentileza, delicadeza e persistência; e que não fizesse concessões.

Disse-lhe, finalmente, que daquele momento em diante não esperaria mais, depois de termos conversado na cama por tanto tempo sobre a virgindade e tudo o que ela envolve. Enquanto isso, comecei a acariciá-la, como se faz com uma jovem noiva, mas levando em consideração tudo o que me aconselharam. Num instante meu desejo atingiu um ápice irresistível e, após diversas tentativas frustradas por causa da dor e dos gritos, entrei nela com um tiro certeiro, e ela cravou os dentes no meu ombro. O sangue escorreu de mim e dela, mas dela em maior quantidade. Ela chorou, encolhendo-se e escondendo-se sob a coberta, enquanto eu limpava o sangue que estava em mim com os lenços de papel ao lado da cama.

Então me levantei para ir ao banheiro, peguei a toalha e voltei para limpá-la, mas ela tomou a toalha de mim e cobriu novamente a parte que eu descobrira. E quando ela me perguntou, depois de se acalmar, por que limpei o sangue com a toalha e não com os lenços de papel, eu não revelei o real motivo, apenas disse que a toalha limpava melhor.

Contemplei as marcas de sangue em mim, enquanto me lavava no banheiro, porque nosso quarto — onde estávamos — era escuro, e, além do mais, o sol estava se pondo e a janela estava fechada, é claro. Contemplei a toalha de novo, pendurando-a no devido lugar, em vez de jogá-la no cesto de roupas, desatento. Voltei ao quarto e ela continuava chorando; tentei confortá-la e fazê-la sentir-se melhor, mais tranquila, até que se acalmasse. Mais uma vez, sem que a decisão tivesse partido de um de nós, voltamos a conversar sobre virgindade e aquilo que lhe dizia respeito. Em certo momento da nossa conversa, contei-lhe o que se passara com uma das moças que saía com um amigo meu. Ele a arrombara e depois não quis mais se casar, visto que ela havia sido conivente com a atitude dele; afinal, como ele me revelou, a mulher que se tornaria sua esposa e mãe dos seus filhos deveria estar íntegra antes de se casar, misturando seu sangue apenas com o sangue do marido. Essa moça o amava e estava pronta para dar-lhe tudo o que possuía, desde que conseguisse seu amor e o fizesse feliz. Ele me contou que foi tirando a virgindade dela aos poucos, ao contrário do que fez com a esposa, tempos depois, na noite de núpcias, a quem atacou violentamente como um verdadeiro predador, violando-a e rasgando seu cabaço. E, mesmo com seu sangue escorrendo, ou talvez, quem sabe, por esse motivo, ela pedia que ele ficasse dentro dela, que não saísse. Assim é que deve ser a primeira vez com sua esposa, você deve rasgá-la, violá-la, possuí-la, mas com cavalheirismo, nobreza e gentileza, não como um selvagem, um bárbaro. Ele não teve pressa, foi paciente com sua garota, consumando o ato depois de várias tentativas, cada vez ele metia mais fundo, a fim de que ela não sentisse tanta dor, permitindo-se parar quando ela reclamava. Entretanto, ela jamais reclamou nem o obrigou a parar, simplesmente largou dele depois de perder as esperanças de se casar, após ter se entregado e lhe dado o que possuía de mais valioso. O problema foi quando um jovem, que era um antigo amigo dela, pediu sua mão, desejando casar-se rapidamente, e ela concordou, porém não imaginava que "rapidamente" significava "imediatamente" em todos os aspectos; então foi obrigada a ir sem demora a um médico, sem contar a ninguém, nem mesmo às amigas mais próximas, de modo que o médico a chantageou ao descobrir o prazo em que precisava ser costurada. Ela se casou depois de alguns dias da cirurgia de reconstituição da virgindade, e o médico lhe pediu que não mantivesse relações sexuais completas por no mínimo duas semanas. O ideal seriam três semanas, contudo os ventos nem sempre sopram a favor da vela. Esse homem não podia imaginar o porquê de sua esposa querer esperar tanto assim, ela não tinha nenhum truque na manga, nem sequer uma desculpa para adiar mais, logo permitiu que ele fizesse o que bem entendesse, muito embora estivesse ciente de que poderia ter um sangramento ou uma infecção. E de fato ela teve um sangramento tão forte que foi necessário levá-la para o hospital. Para sua sorte, a jovem conseguiu contatar o mesmo médico que realizara a operação; ela estava devendo a ele e esperava que a atendesse, pois nunca lhe negara nenhum pedido. Assim, ele se encarregou dela e cuidou do seu caso com zelo extremo. O que importa, contudo, nessa história não é isso, mas sim o fato de que, depois que desvirginou a noiva, esse homem notou que havia um pequeno fio no seu pênis, o que o deixou desconfiado e o levou a questioná-la a respeito, como quem está prestes a explodir. Ela respondeu com a inocência de alguém desinteressado, que parece não saber de nada, que talvez fosse da sua roupa ou então da roupa dele, o que mais poderia ser? O esposo observou atentamente a linha, conduzindo-a com o dedo à altura dos olhos, examinando-a, e logo a descartou. Ela, por sua vez, quase desmaiou! Seu coração parou, de tanto medo, a ponto de esquecer toda a dor que sentira até o momento.

Ainda assim, seu marido estava muito contente em ver o sangue em si e nela, por isso a abraçou de um modo belo, agradecendo a Deus por aquela bênção, e ela gostava disso nele. Enquanto isso, ele mesmo limpava o sangue nela, observando-o continuamente com alegria. Foi nesse instante que ela compreendeu o significado de uma mulher confiar ao marido a primeira penetração, um presente valiosíssimo!

"Mas por que você está me contando isso agora?", perguntou minha esposa. Sua pergunta me assustou, fiquei sem jeito e percebi que ela também estava sem jeito, mesmo assim não respondi. Hesitei um pouco quanto ao que dizer, antes de formular a pergunta que "acenderia" sua ira: "Doeu muito?".

Não entendi por que a pergunta causou tamanha ira, afinal sobre o que falariam, na primeira vez, dois recém-casados? A pergunta não tratava da coisa mais importante que poderia acontecer na vida de uma mulher, isto é, da perda da virgindade, ou quem sabe isso estaria fora de questão? Qual seria a pergunta que estaria em questão? A quem devo dirigir uma pergunta sobre isso, para poder aliviar a dor que eu mesmo a fiz sentir?! Essa pergunta não está apenas em questão: ela é a própria questão.

No entanto, ela conteve seu ódio e conseguiu se sair bem durante aquilo que pareceu ser seu tempo para conter as palavras e não dizer o que queria, embora a dor e o sangramento continuassem. Isso foi um bom sinal de que ela era uma mulher que não possuía nada de mais precioso e valioso do que manter o próprio casamento.

Apenas virou a cara para mim, foi tudo o que ela fez.

Mas por quê? Muito estranho!

Eu achava que iríamos falar sobre esse assunto por um longo tempo, com um prazer indescritível. Teria ela percebido minha preocupação e, por isso, se irritou? O que teria percebido, para pensar que eu estava preocupado?

Para ser sincero, eu a fiz sangrar, e é isso que se espera de mim. Ela sentiu dor quando acabei, isso é fato, porém ela sentiu dor demais.

Quando meus colegas e eu estávamos no início da nossa juventude, o assunto virgindade não nos preocupava, apenas nos excitava. Para falar a verdade, até minha idade atual, jamais conheci uma só moça que tivesse sido arrombada antes do casamento, a não ser em contos e romances que terminavam sempre em assassinato para lavar a honra, ou então nos jornais ou no cinema, sobretudo no cinema. Não costumávamos discutir esse assunto quando éramos bem jovens, pois a virgindade era — até o casamento — a base sobre a qual se dava qualquer conversa, sem necessidade de mencioná-la, era algo tão natural quanto respirar. Uma vez esse assunto foi mencionado com franqueza enquanto estávamos num carro movido a energia elétrica, sem dúvida o único de Beirute, e cujas chaves meu colega furtara do bolso do pai, um defensor do meio ambiente. Estávamos parados no sinal vermelho quando uma garota linda atravessou a rua vestida de um modo que nos deixou constrangidos, então nosso colega ao volante disse: "Essa eu estuprava se a encontrasse no lugar certo". Nós replicamos: "Porém ninguém mais casaria com ela". Eu logo me adiantei e disse brincando, com exagero, aproveitando a deixa: "Hoje em dia a virgindade se tornou coisa do passado!". E ele mesmo respondeu: "É impossível eu me casar com uma moça que não seja virgem. Eu tenho que arrombar uma, é um direito meu!".

"Eu também!", pensei comigo mesmo, ainda que pudesse dizer em voz alta sem problema algum. Aquela noite histórica para nós dois, ela acabou passando no sofá da sala, com toalhinhas e um pedaço de algodão entre as pernas, além de lenços de papel, entre os quais havia o papel de uma promoção jogado no chão, que ela não recolheu, apesar de sempre me pedir que não jogasse fora nenhum papel, pois tinha esperança de ganhar um carro Volkswagen Polo modelo 2000. Ao seu lado havia também remédios e pomadas. Com certeza ela já esperava o que iria acontecer, pois as moças se previnem para essa noite. Acredito que tenha perguntado à mãe pelo telefone o que deveria fazer, e quem sabe a mãe tivesse até consultado outra pessoa, uma amiga enfermeira ou farmacêutica. Ao tomar a iniciativa de compartilhar com ela sua dor, que eu mesmo precisei causar, afinal até certo ponto era meu dever legal, passei a noite de frente para minha esposa no sofá, mesmo depois de ela insistir que eu dormisse na cama, dizendo que se sentiria mais livre se eu a deixasse cuidar das suas coisas sozinha. Ainda assim, insisti em ficar junto dela.

Naquele dia, desejei de verdade que tivéssemos uma televisão, a ponto de pensar comigo mesmo que talvez ela tivesse razão ao dizer que a televisão é indispensável, tão indispensável quanto qualquer outro bem. Também pensei comigo mesmo que talvez houvesse um problema que eu devesse reconhecer no meu relacionamento com minha esposa, e esse problema residia no fato de que com frequência, como se veria com o passar do tempo, ela estava certa quando eu estava plenamente convicto de que estava errada, já que foram muitas as ocasiões em que ela estava com a razão, assim como aconteceu naquela noite, já que, se tivéssemos uma televisão no momento "sufocante!" em que nos encontrávamos, nossa noite teria sido mais bonita. Teríamos, no mínimo, desviado nossa atenção do que estávamos passando.

Havia um problema e eu não podia negar sua existência.

Pela manhã ela foi para a casa da mãe, onde passou o dia todo. Voltou só depois que fui pessoalmente até lá. A mãe agiu como intermediária, hesitou um pouco antes de me atender, pedindo a ela que voltasse comigo para casa. Naquele momento cogitei que a hesitação da mãe talvez fosse um tipo de tática para mostrar à filha que compreendia seu desejo de não voltar para casa. Aquela atitude dela também me esclareceu algo que me dissera um dia em tom de reprovação: "Vocês" — ela quis dizer os homens — "querem sempre obter tudo instantaneamente, é da natureza do homem ser egoísta". Quando respondi que certas coisas devem ser consumadas, ela dissera: "Não venha querendo me ensinar coisas a respeito das quais eu sei mais que você! É uma pena!"

"Do que você se queixa?", perguntei. "Por favor, me diga, eu gostaria de saber, do fundo do coração, o que fiz de errado." Ela repetiu o que a filha me dissera na noite anterior: "Não trate sua esposa como se ela fosse um carro roubado que você não vai conseguir licenciar, trate-a como se fosse um carro comprado a crédito!". Aparentemente minha esposa tinha herdado da mãe esse tipo de analogia esquisita, não teria aprendido sozinha, como eu imaginava.

Muito tempo se passou até ela voltar para casa, apesar de todas as minhas tentativas de convencê-la. Durante esse tempo, ela se recusava a falar comigo e pedia que a mãe me dispensasse, aceitando conversar comigo só depois de eu insistir muito, o que me fez sentir vergonha de mim mesmo. "Não está!", ou "Está dormindo!", ou qualquer coisa do tipo.

Mas dessa vez foi ela quem ligou!

Trim, trim, trim! O telefone tocou de um modo muito natural, levantei-me e atendi de um jeito muito natural também, sem nem ao menos me perguntar quem poderia estar ligando.

Era ela mesma!

"Escute!", ela me disse. "Vá e resolva sua questão com os vizinhos cuja filha você tentou estuprar, porque eles não param de me ligar e de me ameaçar com as piores consequências caso você não se entregue à polícia e assuma tudo o que fez com a irmã deles. E tem mais, meu pai é um homem idoso e todos os meus irmãos estão viajando, tive que recorrer ao meu tio, que foi direto até a casa deles e informou que não tenho mais nenhum tipo de laço com você e que por isso eles devem resolver suas questões somente com você. Entendeu?"

"Entendi", falei, "vou resolver essa questão com eles por conta própria, mas, me diga, o que você quer dizer com 'não tenho mais nenhum laço com você?" Então ela respondeu: "Pedi o divórcio e encarreguei um advogado de cuidar do assunto. Você vai receber uma notificação oficial dentro de alguns dias".

Tudo isso se passou enquanto eu ficava aqui sem saber de nada, esperando, que nem um idiota, que ela voltasse subserviente e humilhada.

"Que fique claro de agora em diante", disse, "que eu não vou voltar para você; essa é uma decisão que eu tomaria mesmo que não tivesse acontecido o incidente do estupro. Entendeu? Você segue o seu caminho e eu sigo o meu." Perguntei então: "E a criança?". Ela se calou e não respondeu nada! No entanto, depois de alguns instantes, disse: "Está claro?". Respondi: "Sim, está, mas me responda: o que você vai fazer com a criança?". Ela se calou novamente e, depois de hesitar, devolveu: "Que criança?".

Meu Deus! *Que criança*, ela disse!

Antes de tocar no assunto do divórcio, eu estava seguro de que ela iria voltar mais cedo ou mais tarde, porque estava grávida. Eu estava convencido de que ela não se permitiria passar a gravidez na casa dos pais, ao lado da mãe, dar à luz lá, porque isso seria um absurdo. Parece que ela havia mentido, negado e escondido o fato de todos, mas até quando? Afinal, sua barriga não vai permanecer lisa e reta como ela gostaria: vai crescer e se arredondar, de modo que ela não conseguirá continuar negando para sempre.

Ela vai voltar.

Estou seguro quanto a isso e fico aguardando sem me aborrecer.

Além do mais, o bebê será um menino, pois conheço o método. Li num livro confiável de ciências que o esperma é formado de dois tipos de espermatozoide, um macho e um fêmea, e a fêmea vive mais tempo que o macho, embora este chegue mais rápido ao óvulo da mulher. Por essa razão, sempre que eu ejaculava, levantava os quadris dela na minha direção o máximo que pudesse, enfiando o mais fundo possível, a fim de encurtar a distância entre a cabeça do pênis e o óvulo; assim, o espermatozoide macho chega ao óvulo antes de morrer e ser ultrapassado pela fêmea, que vive mais. Esse método funciona, e o bebê será um menino, com a permissão de Deus. Eu permanecia em silêncio quando ela perguntava: "Por que você levanta meu traseiro assim? Até parece que quer derramar algo dentro de mim" (ela disse meu *traseiro*! Que romantismo!). Eu não revelei meu segredo e não me arrependo, sobretudo porque ela afirmava que não fazia diferença se fosse menino ou menina. Às vezes eu sentia que ela preferiria que fosse menina. "E por que não uma menina?", dizia. "Por acaso você não gosta de mim? Esqueceu que sou mulher? Esqueceu que a primavera combina comigo e o ouro fica mais valioso no meu peito?! Quer ver com seus próprios olhos como você tem sorte de estar comigo? Venha cá, veja se não parece que estou sendo devorada por um bicho." E me puxou até o espelho, me puxou uma vez mais e disse: "Olhe para você, diga se não parece um macaco!". Não entendi se ela quis insinuar que eu pareço um macaco por ser um homem que prefere ter filhos homens ou por ser peludo, com pelos cobrindo todas as partes do corpo — afinal a madame prefere os garanhões loiros de Hollywood, dotados de corpos lisos e sem um único cabelo ou pelo —, e isso acontece por habitarmos a bacia oriental do mar Mediterrâneo desde a Antiguidade. Essa mulher me surpreende, me espanta, me devasta, ela me deixa transtornado, porque eu gosto das mulheres tímidas e recatadas; apesar de tudo, ela ainda me excita, de modo que gosto de passar as vinte e quatro horas do dia com ela na cama. Só sinto que ela é minha quando estou dentro dela, e mesmo ali sinto que ela escorrega das minhas mãos e não consigo pegá-la, assim como o mercúrio, ou então uma enguia de rio, que requer muita prudência ou algum truque para ser imobilizada com firmeza entre as mãos.

"Hoje não telefonei para mamãe!"

Ela me solta uma frase dessas enquanto estou dentro dela, ocupado com ela, sem me lembrar de ter nascido um dia e de que não passo de um ser efêmero sobre a Terra, tamanha a felicidade. Então, depois de sua frase me puxar de volta para este mundo, pergunto: "Não está gostando?", e ela responde: "Estou!", e diz mais.

Isso mesmo, ela diz mais!

Depois de me dizer "Estou!", ela acrescenta: "Por que você está me fazendo essa pergunta?!". E eu respondo que, se estivesse gostando, não ficaria assim desligada, pensando que se esqueceu de ligar para a mãe. Ela então falou: "Eu sou igual a um motor a diesel, levo um tempinho para esquentar!".

Na nossa região há dois motores, o motor a diesel e o motor a gasolina: o primeiro leva mais tempo para esquentar e ficar pronto para funcionar a toda potência; já o segundo esquenta rapidamente, mas não tem a resistência do motor a diesel. Isso quer dizer claramente que eu esquento rápido, mas esfrio rápido, ou seja, me excito rápido e gozo rápido. Era isso que ela queria me comunicar. Significa que não a agrado. Significa que ela está sofrendo. Significa que é seu direito buscar outra solução. Afinal, ela é um ser que vem a este mundo uma única vez e não duas, e é seu direito desfrutá-lo, então por que se privaria disso? Por quem? Por mim? Eu não sou o homem pelo qual ela se sacrificaria, não sou o homem pelo qual ela sacrificaria principalmente seu prazer e sua vida.

Quem dentre as duas é mais americana? Ela ou Meryl Streep? As ocidentais levam a fama, no entanto quem põe em prática é ela. Elas atuam nos filmes de cinema, porém nós fazemos aquilo no mundo real!

Ela não me contou quando soube que estava grávida, como fazem as mulheres ao engravidar, como fez a esposa estrangeira do meu amigo quando disse a ele: "Estou feliz por estar grávida de você! Estou feliz por carregar dentro de mim algo que veio só de você!". No entanto, minha esposa segue os costumes da nossa cultura e, como uma moça da minha crença e da minha religião, jamais falaria isso. Pelo contrário, quando viu que a menstruação não tinha vindo, me disse que eu era um monstro!

"Monstro!"

"Por que sou um monstro!?"

"Minha menstruação não veio!"

Meu rosto se iluminou. Aproximei-me para cobri-la de gratidão, porém ela se virou e correu para o telefone para contar à mãe, aos prantos:

"Mamãe, minha menstruação não veio!"

A mãe disse alguma coisa do outro lado da linha e ela respondeu: "Não! Não! Não! Não pode ser!".

Em seguida voltou-se para mim e disse: "Por que você se nega a usar *condom* (ela queria dizer preservativo)? Eu não posso tomar pílula anticoncepcional por motivos de saúde!".

Senhor!

"Quem foi que lhe pediu isso? E como eu ia saber que você não pode tomar anticoncepcional por motivos de saúde?"

Ela acabou com meus primeiros e belos sentimentos de paternidade. Ainda assim, vivi instantes de felicidade que nunca sentira. Na minha vida inteira, jamais sentira tamanha felicidade. Que coisa mais linda é receber a notícia, da boca da sua esposa, de que ela está grávida de você. E a lógica é que sua esposa esteja no mesmo nível de felicidade, ou, quem sabe, muito mais, pois foi você quem a engravidou, quem a fertilizou e fez com que se tornasse mãe, a coisa mais linda do mundo, símbolo de afeto, carinho, doação e sacrifício. O que pode ser mais belo, mais esplêndido, mais sublime do que esses valores? Por isso, tentei repetidas vezes entender qual o motivo de ela estar aos prantos, como se tivesse acontecido uma catástrofe na sua vida. Ela era incapaz de responder, limitando-se a dizer que seus sentimentos obscuros eram mais fortes que ela, provocando-lhe vontade de chorar.

A verdade é que naquele tempo eu gostava disso nela, de certo modo, porque considerava que era uma expressão de inocência, de uma alma transparente, de pureza, além de mostrar uma jovem mulher que desconhece a realidade deste mundo, assim como acontece com muitas moças merecedoras de todo o respeito. Nesse quesito, eu gostaria de ser seu meio para o mundo da verdade e da realidade, no qual eu seria seu guia, segurando sua mão e conduzindo-a por entre os caminhos difíceis, perigosos, enlameados e imundos, com a missão de preservar e conservar a pureza da sua alma. Ela é a mãe dos meus filhos!

Foi por isso que me assustei quando ela me perguntou sobre preservativo!

Quando me perguntou pela primeira vez: "Você não gostaria de usar *condom*?", eu devolvi a pergunta: "E o que é *condom*?". Ela disse: "É o preservativo". Eu tomei um susto! Não! Eu fiquei chocado! Será que ela não queria mesmo ter filhos? Além do mais, o que me surpreendeu foi o fato de "preservativo" fazer parte do vocabulário dela, e usado com tanta simplicidade. Isso é o mais importante. Afinal, essa palavra já entrou no nosso vocabulário de uso corrente, por intermédio de alguns meios de comunicação, com a desculpa da prevenção da Aids.

Isso não passa de pretexto!

Puseram certos tipos de propaganda em vias e lugares públicos, chocantes para nossos costumes e tradições. Nós somos uma sociedade conservadora. Para nós, a honra ainda é o valor mais elevado. Todo dia lemos nos nossos jornais alguma notícia sobre o assassinato de uma jovem para lavar a honra, ou seja, por causa do seu relacionamento com um homem. O irmão mais novo a mata, quando não o mais velho, o pai também pode matá-la, ou mesmo o filho, caso tenha um. Ontem mesmo um irmão matou a irmã porque esta fugiu para se casar às escondidas com o homem que amava, indo contra a vontade do irmão de casá-la com outro homem. Depois de tudo isso, ainda mostram os métodos de prevenção da Aids, liderados pelo uso do preservativo, em anúncios por todos os cantos das avenidas principais. É como se tivessem decidido desatar o sexo dos laços do matrimônio. Não sou puritano, porém estou do lado do pudor e da vergonha, uma vez que esse pessoal está agindo como se o espaço público fosse algo diferente do interior dos lares. Veiculam na televisão propagandas de incentivo ao uso do "preservativo" (é assim que se chama!) para quando o parceiro estiver inseguro quanto à parceira. Eu não faço ideia de qual é a diferença entre a tela da televisão e o quarto do casal. Ou de qual é a diferença entre a televisão e a sala de estar, onde toda a família se reúne, além de convidados bem-intencionados e mal-intencionados. O que pode se passar na cabeça de um convidado mal-intencionado ao se ver diante da tela tomada por uma propaganda que encoraja os homens a usarem preservativo, isso com a esposa ao lado, ou a filha que já tem curvas, ou a irmã mais velha cujo sonho é ter um homem que alegre sua vida, ou até mesmo a mãe, pois as mães da nossa terra se casam cedo, sem nem ter chegado aos vinte anos, e na maioria das vezes se tornam avós ainda jovens. No jornal do mês passado foi anunciado que um neto matou a avó porque ela mantinha relações sexuais com um rapaz um pouco mais velho que ele. Agora imagine se todas elas estiverem à sua volta! Pra falar a verdade, sinceramente, sinto vergonha quando passam essas coisas e estou na presença de uma irmã, uma mãe ou uma parente. Fico sem saber onde enfiar a cara, de modo que me encolho para que meu corpo diminua e ocupe o menor espaço possível. Aí vem minha esposa perguntar sobre preservativo, com toda a naturalidade, como se estivesse perguntando sobre uma garrafa d'água! O bom é que ela disse em inglês primeiro, o que significa que não considera o preservativo uma coisa como todas as outras, nem uma palavra como outra qualquer.

Para mim, o importante não é que minha esposa saiba o nome, mas sim que tenha insinuado ser conhecedora desse método contraceptivo, como se para ela fosse uma prática habitual e antiga, de tanto tê-la utilizado.

Quando perguntei por que deveria usar preservativo e o que ela temia, minha esposa respondeu: "Nada não, só não quero adiantar as coisas". Não consegui me conter e perguntei se ela já usara alguma vez, fazendo-a me dar uma resposta perspicaz: "É o homem que usa o preservativo, e não a mulher". Então perguntei: "E como você sabe?". Ela levantou os ombros indicando irritação, que estava de "saco cheio" de mim e que sua paciência se esgotara. Insisti: "Responda!", e ela desatou a chorar.

Sim!

Minha esposa tem todo o direito de chorar quando pergunto — afinal sou seu marido — se ela já usou preservativo alguma vez, pois suas entranhas não me dizem respeito, mas aos vizinhos sim!

A propósito, como ela ficou sabendo que as pílulas anticoncepcionais fazem mal à sua saúde?

"Pelos médicos! Os médicos! Sabia que existem médicos?"

Na verdade, já fazia tempo que eu havia percebido que as coisas não andavam como eu gostaria e comecei a pensar que talvez eu tivesse feito a escolha errada. Já faz tempo que sinto que essa mulher não é minha e que ela me esconde segredos que não consigo aceitar, mas fui afundando pouco a pouco, um pouco mais a cada dia, sem que estivesse ao meu alcance agir de algum modo. Comecei a me sentir assim, na verdade, desde nosso primeiro encontro, no café Al-Rawda, um dia depois de nos conhecermos na casa da minha tia. Contudo, naquela época eu era completamente incapaz de enxergar o rumo das coisas!

Naquela época liguei para ela pelo celular e lhe disse que desde o dia anterior não parava de pensar nela, pois (sinceramente!) ela havia chamado minha atenção. Eu estava sendo honesto demais no que dizia. Sugeri que nos encontrássemos, e acrescentei: "Não sou de enrolar nem de enganar ninguém (não sou como os outros!), pelo contrário, meu lema é a sinceridade, ainda mais com moças como você (moça de família!)". Então nos encontramos no café Al-Rawda. Ela chegou sozinha no seu Honda Accord modelo 83 e eu cheguei no meu Volkswagen Jetta modelo 92. Meu propósito ao escolher aquele café era provar minhas boas intenções e meu caráter, pois é um café ao ar livre, amplo, cheio de mesas, sem um lugar sequer onde duas pessoas possam ficar a sós fora da vista dos outros. No entanto, seu espaço e a quantidade de mesas asseguram aos visitantes certa sensação de privacidade e intimidade. Não quis levá-la a outro café que fosse como um desses que estão espalhados por Beirute, porque queria que no primeiro encontro ficasse claro que meu projeto não era me divertir, mas que eu tinha um objetivo sério, isto é, casar. Esse posicionamento faria crescer, sem dúvida, o respeito dela por mim; afinal, sobretudo quando a moça atinge uma idade específica, como trinta anos (minha tia me contara a idade dela), aí é que o casamento se torna necessariamente a meta primordial na vida, a meta mais urgente.

    Naquele café extremamente amplo, às vezes o atendimento era bem rápido. Não que isso fosse um problema, no entanto foi o início de um problema entre nós. Mal havíamos nos sentado, ou melhor, antes mesmo de que nos sentássemos e antes mesmo de trocarmos algumas palavras do tipo

"Você gostou do lugar?", ou "O que você gosta de beber?", o garçom apareceu e, antes de ele perguntar o que queríamos, ela disse: "Uma cerveja".

Ela me deu um susto!

Para ser sincero, fiquei perdido, não sabia mais como me comportar, nem para onde olhar ou o que dizer. Ela estava decidida e confiante como os rapazes que atuam nas propagandas do cigarro Lucky Strike, ou como as jovens que põem aos seus pés os homens mais belos e viris quando querem alguma coisa — um frasco de perfume ou um drinque —, fazendo de tudo para consegui-la. Ela não olhou para mim depois de dizer aquilo, começou a mexer na bolsa com naturalidade e tirou um maço de cigarros franceses do tipo Gauloises sem filtro, fumados pelos esquerdistas dos anos 60 e início dos 70, e que, hoje em dia, muito raramente vejo alguém fumando. Porém, ela fez bem em não olhar para mim depois de dizer aquilo, pois não consegui esconder meu espanto.

Quanto a mim, pedi ao garçom: "Uma Pepsi!".

Falei de um modo bastante natural, para não parecer que estava dando uma indireta, porque — no fundo — meu espanto não estava destituído de uma sensação de tristeza e talvez de insatisfação, mas dominei a situação rapidamente, afinal só estávamos no começo do caminho e tudo, com a graça de Deus, está sujeito a sofrer reforma e mudança, sobretudo se a mulher for de boa criação, e sabedora de que o homem é a cabeça da mulher, seu guardião, e que essa foi a vontade de Deus ao criá-lo.

Eu queria pedir uma cerveja, mas mudei de ideia de propósito para que ela bebesse a cerveja sozinha enquanto eu bebia a Pepsi! Assim ela perceberia o erro por si própria. Contudo, ela não prestou atenção em nada, nem mesmo quando pedi a Pepsi. Quem sabe fingisse não ver, como se aquilo tudo fosse bastante natural para ela, um homem e uma mulher numa mesma mesa, em que o homem bebe Pepsi e a mulher bebe cerveja, no café Al-Rawda, localizado na parte sudoeste de Beirute. Gosto muito de ajudar a mulher a sair da reclusão que lhe é imposta pelos costumes, porém ao mesmo tempo gosto que ela permaneça conservadora, pelo menos um pouco, de forma que, se me pedisse permissão, eu a daria com todo o prazer, até teria incentivado; agora, fazer o que dá na telha como se eu fosse uma miragem no deserto, isso eu não aceito.

De toda maneira, depois desse incidente passageiro começamos a conversar, e o início foi agradável e animador. O ser humano se permite levar pelo clima e acaba deixando de perceber que um pequeno incidente desse tipo é fundamental, recorrente e a origem de tudo, infelizmente!

O garçom que nos atendeu não foi o que anotou o pedido, por isso ele pôs a garrafa de cerveja na minha frente e a garrafa de Pepsi na frente dela e saiu. Então ela olhou para a cerveja e deu um leve sorriso, como se estivesse me agradecendo antecipadamente pelo que supôs que eu faria, ou seja, corrigir o erro do garçom. No entanto, de propósito, demorei para tomar a iniciativa com o objetivo de fazê-la perceber sozinha que o garçom não havia errado, que ele se comportara de modo muito natural, como se deve, e que o erro fora dela, pois vivemos aqui no nosso país e não no país dos filmes a que as pessoas assistem via satélite. Seu sorriso começou a desaparecer para dar lugar a sinais de desorientação e irritação. Em seguida, ela se levantou de repente, pedindo licença: "Um momento". Não disse que estava indo ao banheiro, apenas "Desculpe, um momento!". Durante aquele "momento" eu me senti confuso, percebi o quanto ela era esperta e disse para mim mesmo que a esperteza de uma moça como ela é uma característica que não deve ser encarada com simplicidade, e sim com a qual se deve lidar com o dobro de cuidado, precaução e atenção. Ela passou a bola para mim com muita naturalidade. Será que eu deveria "corrigir" o "erro" do garçom durante o "momento" da sua ausência? Enquanto pensava no que fazer, vi um amigo na outra mesa; me senti a salvo e me levantei para cumprimentá-lo, prolongando a conversa com ele mais que o necessário. Olhava para a nossa mesa de canto de olho, monitorando sua volta, até que ela chegou. Despedi-me rapidamente do meu amigo e retornei para nossa mesa, onde fui surpreendido com a presença de outra garrafa de cerveja à minha frente, ao passo que a garrafa de Pepsi havia sido deslocada para o centro da mesa. Eu me sentei e afastei a garrafa de cerveja que estava à minha frente, peguei a Pepsi e comecei a bebê-la.

    Fico pensando que, assim como fizera Meryl Streep já na primeira cena do filme, eu deveria ter agido logo no primeiro momento, longos meses atrás, depois daquele encontro no café. Entretanto, a sensação que me acompanhava era de que eu havia levado uma pancada na cabeça, sem saber onde estava e sem conseguir distinguir o certo e o errado. O que estou vendo agora com total clareza não passava de uma verdade nebulosa na qual eu não podia acreditar nem me apoiar, como se estivesse com a visão turva.

Quando minha mulher me descreveu como um monstro, logo depois de descobrir que estava grávida, não consegui acreditar que ela estava querendo dizer aquilo de fato. Eu não acreditava que ela estava querendo dizer que eu era mesmo um monstro. Achei, ou quis achar, que ela pretendia insinuar que, como homem, eu era detentor de força e potência. Pensei que se referia ao efeito da masculinidade e sua força. Não pensei que tivesse a intenção de ser sincera ao dizer que eu havia feito mal a ela, mudado seu corpo e o transformado, e que agora ela já não poderia se livrar da marca ruim que eu havia deixado nela, nem depois do nascimento nem nunca mais. Era como se eu tivesse lançado sobre ela uma substância corrosiva, um ácido, que a deformaria para sempre. Era como se eu tivesse introduzido nela alguma coisa que acabara com sua vida. Muito estranho!

A primeira pergunta que lhe fiz no nosso fatídico primeiro encontro no café Al-Rawda foi... assim que começamos a conversar: "Você está envolvida com alguém?". Então ela me olhou, ficou envergonhada e não respondeu. Continuei:

"Com toda a sinceridade, estou sendo uma pessoa séria e honesta com você e gostaria que você fosse sincera comigo, desde o início". Falei: "Em toda a minha vida, jamais fui tão sério quanto estou sendo agora". E continuei, dizendo que minhas experiências com mulheres haviam sido muitas, porém todas passageiras: pura diversão, nada mais. Prometi que iria contar tudo a ela e revelar tudo o que acontecera na minha vida, pois não esconderia nada a respeito do meu passado. Ela comentou: "Você não é obrigado a fazer isso, afinal seu passado pertence apenas a você!". Por minha vez, falei: "Não acho, porque tudo o que pertence a um de nós deve pertencer aos dois!".

Minha esposa hesitou antes de responder, depois de eu insistir na pergunta repetidas vezes, porém finalmente disse: "É inevitável que aconteçam coisas na vida de uma moça". Então, já demonstrando preocupação, o que foi um erro porque talvez eu a tivesse inibido de falar a verdade, perguntei: "Mas o que foi que lhe aconteceu?". Ela me olhou de modo precavido e receoso. Prossegui: "Não tenha medo, a sinceridade deve ser o lema do nosso relacionamento". Ela respondeu: "Ainda é cedo para falar sobre isso" (*ainda tá cedo pra esse tipo de papo*, foi o que ela disse na verdade). E continuei: "Tudo depende do que você vai responder". Ela voltou os olhos para mim e revelou: "Recebi pedidos de casamento de vários rapazes e homens de todas as idades. Algumas vezes cheguei a ficar sozinha com eles em encontros como este". Perguntei: "Isso é tudo?". Ela ficou calada. Perguntei de novo: "É só isso?". Ela acenou com a cabeça, em sinal afirmativo. Eu disse: "Por Deus, começamos bem!". Então ela sorriu ao ver que minhas bochechas coraram, soltou um suspiro, escondeu o rosto entre as mãos por alguns instantes e depois retirou as mãos dos olhos que lacrimejavam. Perguntei: "Isso é alegria ou tristeza?". Ela indagou, irritada: "Por que você quer saber?", e respondi: "Os começos são sempre excitantes e perturbadores!".

A alegria no coração dela fazia seus olhos se encherem de lágrimas. Era toda essa felicidade que deixava seus olhos marejados.

Na segunda vez que lhe telefonei para nos encontrarmos, ela parecia relutante, o que é natural da parte de uma moça solteira, uma moça tradicional, por mais que ela se achasse liberal, e ela acabou por recusar, desculpando-se e dando mil pretextos. Até que um dia minha tia me revelou um segredo e me contou o xis da questão: eu a enchera de perguntas constrangedoras em nosso primeiro encontro no Al-Rawda! E não só a envergonhara, como fora muito além!

Foi bom minha tia ter me advertido; no futuro, eu me empenharia em evitar aquele comportamento e também a natureza das minhas perguntas. Respeitaria os limites, num certo sentido.

No entanto, embora eu não a tenha forçado nem me imposto, por que ela se casou, se não queria partilhar tudo com o marido: passado, presente e futuro, na alegria e na tristeza? E por que se casou, se não queria ter filhos? Por que se casou, se não queria fazer sexo com o marido? E por que se casou, se não consegue suportar um deslize do marido, já que aquela acusação de estupro pode nem dar em nada? Enfim, por que se casou, se não queria ser esposa?

Teria se casado para se divorciar, libertando-se das diversas amarras que lhe eram impostas por ser solteira?

Senhor!

Ou teria se casado para abafar o escândalo que a existência do francês provocara na sua vida (e quem sabe na vida da minha tia)?

Será que eu tinha sido vítima de um plano arquitetado? E minha tia? Qual era o papel dela na história?

Sem dúvida, tudo o que aconteceu deve ter sido uma conspiração armada contra mim, na qual minha tia tem papel fundamental; afinal, já faz uma semana de crise acentuada e ela nem ligou para se informar do que se passou, ou, no mínimo, para saber como estou.

Poxa!

"Uma graça!"

"Ela é uma graça!", foi o que disse minha tia ao me falar pela primeira vez da filha do vizinho, que morava com os pais no prédio em frente. É difícil descrever o quanto fiquei contente com essa surpresa. É difícil descrever porque confio plenamente no gosto da minha tia, já que ela é conhecida por sua seriedade e por não travar batalhas quixotescas ou perdidas, sobretudo quando o assunto é particularmente delicado. É uma mulher que deixa as emoções em segundo plano e usa a razão.

Minha tia me contou que a filha dos vizinhos gostava muito dela, que se sentia à vontade com ela, confidenciando-lhe segredos que não contava a mais ninguém, de modo que a visitava sempre. Foi isso que me fez achar que eu estava com a vitória nas mãos, se Deus assim quisesse, e que a causa estava ganha. No entanto, essa felicidade escondia ao mesmo tempo questões que brotavam instantaneamente na minha cabeça sobre o motivo pelo qual minha tia levara tanto tempo para tomar aquela bela iniciativa: por que não havia me apresentado antes a ela? Por que nunca havia mencionado o nome dela? Afinal, já morava aqui havia dois anos, desde que o marido comprara o apartamento, antes de morrer queimado pelas chamas dos poços de petróleo no Kuwait, onde trabalhava.

Minha tia me contou "tudo" sobre ela, mas se negou a revelar seu nome, apesar de eu insistir. A desculpa era de que dizer o nome poderia estragar o encontro; se eu não soubesse o nome dela, o encontro pareceria mais natural e espontâneo. "Você virá amanhã na hora do pôr do sol, quando ela estiver me visitando, mas sem avisar, de surpresa, como se estivesse passando por aqui por acaso e decidisse visitar sua tia. Então eu apresento vocês dois e insisto que você fique conosco para um café. Dessa forma, direi o nome dela na sua frente pela primeira vez, assim não fico com vergonha nem me sentirei culpada."

"Por que culpada?"

Até hoje não entendi a razão de ela dizer isso. Por que se sentiria culpada em me revelar o nome dela? Lembrei-a disso, quando liguei para ela recentemente, insistindo muito que me contasse a verdade sobre minha esposa, nada além da verdade. Ela alegou que não se lembrava do episódio e me disse: "Que verdade você quer? Você só fala em verdade". Então eu respondi: "Ela se encontrava com aquele moço francês na sua casa antes de nos casarmos. Por que você não me contou isso?". Depois consegui arrancar da minha tia que ela havia recebido os dois apenas uma ou duas vezes, que eles tinham ficado sentados na sala e que ela nunca se ausentara nem por um instante, exceto uma única vez, durante cinco minutos, que foi o tempo de descer até a mercearia para comprar café.

Ela não tinha por que me informar a respeito disso, não havia motivo, já que certamente se tratava de um encontro para os dois se conhecerem, num lugar seguro e apropriado.

Não! Com certeza fora muito mais que isso!

Embora dez anos mais novo, deixou minha mulher completamente derretida por ele. Veio morar no mesmo prédio em que minha tia morava por pura coincidência. De todo modo, ela o encontrara antes de ele ir morar no prédio e cruzara com ele na rua também por coincidência: ele estava confuso, tentando formular uma frase em árabe para perguntar sobre um hotel. Um hotel?! Ele estava se hospedando num hotel caro na rua Hamra, e queria se mudar. Foi assim que minha tia o acolheu uma primeira noite e depois outra. Ele saía de manhã bem cedo e só voltava tarde da noite. Os dois não se viam, a não ser muito raramente. Ele oferecera algum dinheiro à minha tia em troca dessas duas ou três noites, mas ela zombara dele e lhe explicara que não estava precisando. Então com a ajuda dela, ele alugou um apartamento no mesmo prédio por alguns meses apenas, pagara o aluguel à vista numa única vez, fazendo o proprietário recebê-lo de braços abertos, porque, quando um morador local aluga um imóvel, ele passa a ser dono, enquanto os estrangeiros estão sempre de passagem; acima de tudo, o proprietário gostou dele e o adotou, assim como fez minha tia. Porém ela, isto é, minha esposa, não conseguia ir sempre à casa dele quando os dois bem entendessem, uma vez que os olhos dos vizinhos não ignoram a visita de uma moça desacompanhada a um homem solteiro que mora sozinho! Sobretudo se essa moça for a filha solteira do vizinho; portanto, ela se encontrava com ele na casa da minha tia. Mais tarde, os fatos se desenrolaram de tal forma que ela começou a me pedir que lhe ensinasse o vocabulário em francês para uma relação sexual, para assim comunicar-se com ele na sua bela língua, refinada e culta, e isso na mesma época em que Jospin, o primeiro-ministro francês, um socialista humanista, declarava em francês, com essa mesma bela língua, que os homens da resistência libanesa que combatiam o Exército israelense em território libanês ocupado eram uns terroristas! Quase chutei o carro do francês de raiva, assim como faziam os estudantes da universidade de Bir Zeit na Cisjordânia. Quase arrebentei a tela da televisão.

Contudo, minha prezada esposa não tinha necessidade de aprender aquela língua, pois a linguagem corporal é única, unificada e unificadora em qualquer parte, ela nasce em nós, permanece viva. Além disso, eles conseguiam se comunicar em inglês, que ele conhecia, e também usando um pouco de árabe clássico, motivo pelo qual viera estudar em Beirute, além do árabe popular. Suponho que ele gostasse que ela falasse com ele apenas em árabe, porque esse é o tipo de situação ambicionada por todo estudante de língua, mas ela achava de verdade que algumas palavras em francês nos momentos propícios aumentavam o clima de sedução.

Ela me pedia que lhe ensinasse essas palavras quando estávamos na cama, nos momentos de prazer. Perguntava de repente: "Como se diz 'isso' em francês?". Da primeira vez, questionei: "Isso o quê?", enquanto ainda estava gozando deitado em cima dela. Ela disse: "Isso", e levantou um pouco o quadril. Eu não entendi; aí ela disse, para ficar mais claro: "Em inglês, quando alguém atinge o orgasmo, se diz... (ela disse uma palavra que eu não lembro mais), então o que nós dizemos em francês?". Respondi: "*Jouir, j'ai joui*", e ela disse: "E você? Como você diz 'Você gozou'?". Eu respondi: "*Tu as joui*", e ela repetiu: "*Tu as joui, tu as joui*", diversas vezes! Hesitei antes de desistir de perguntar por que razão ela queria aprender essas palavras em francês. Precisava perguntar, mas se fizesse isso ela iria disfarçar a raiva e virar a cara para mim como se eu tivesse cometido um pecado imperdoável, como se a estivesse acusando de alguma coisa, para ser sincero, com as piores acusações que se podem fazer a uma mulher direita cuja única preocupação é a felicidade do seu lar. Qualquer sinal disso, por mais que fosse ambíguo ou indireto, provocava sua ira. Mas nunca consegui me impedir de perguntar sobre o motivo pelo qual ela desejava aprender francês, embora não tenha me referido "àquelas palavras" exatamente, para não provocar sua ira, e sim: "Você está indo para a guerra enquanto já estão voltando!", me referindo ao fato de que nos dias de hoje cada vez mais pessoas estão interessadas em aprender inglês; ela retrucou dizendo que em primeiro lugar domina o inglês, e em segundo — e antes de mais nada — adora o francês, língua em que vê delicadeza, gentileza, profundidade e cultura. Além do mais, gosta dos amigos que falam essa língua, gosta de acompanhá-los nas conversas, nos seus conhecimentos e na sua alta cultura! Senhor! Ela estava deitada, nua, então se endireitou e se sentou para falar essas coisas. Sentou-se, cobriu as partes íntimas e começou a mover as mãos em gestos simultâneos à sua fala. A língua não era capaz de expressar seus pensamentos de tão profundos, precisos e complexos, de modo que ela recorria às mãos, e com isso me fazia lembrar uma dessas apresentadoras de programas de televisão que passam um ar de cultura e se inspiram no modo de se expressar dos grandes pensadores, recorrendo às mãos para sintetizar os pensamentos armazenados nos lugares mais difíceis de alcançar.

E a situação continuou dessa forma, até o proprietário perceber que estava abrigando um rato e resolver enxotá-lo! O francês foi expulso e ainda quis bater o pé, argumentando que era livre e independente e que ninguém podia intervir nos seus assuntos privados, uma vez que estava em uma sociedade na qual seus direitos eram plenamente garantidos por lei. No entanto, a intervenção da minha esposa, ao que parece, convenceu-o a desaparecer rapidamente, para a história não se transformar num escândalo no qual decerto ela sairia prejudicada. Foi nesse ponto que minha tia convenceu minha esposa a se casar comigo e ajeitou as coisas para que eu me casasse com ela, ao mesmo tempo que me aconselhava a viver minha vida como eu bem entendesse, sem me render às amarras sociais, e sem dar ouvidos aos que me aconselhavam a me casar com o pretexto de eu ter passado da idade.

Quando liguei para minha tia para perguntar se ela estava a par do que se passara entre minha esposa e eu, ela disse que a mãe da minha mulher a havia informado sobre o assunto, mas que não tinha visto minha esposa nem falado com ela em momento algum. Ela disse: "Trate de levar esse assunto a sério, sobretudo com os irmãos!". "Os irmãos de quem?", perguntei. "Os irmãos da costureira!", ela respondeu. Enquanto eu estava compenetrado na conversa, eis que começaram a tocar insistentemente a campainha da minha casa, obrigando-me a terminar a conversa dizendo que ligaria mais tarde. Porém, antes de desligar, ela disse: "Cuidado, pode ser o irmão dela batendo", sem nem me dar tempo de perguntar irmão de quem.

O apressado era o irmão dela! O irmão da costureira.

Que coincidência! Mas que brincadeira é essa?

Imediatamente a fivela do cinto da calça jeans dele atraiu meu olhar. Era do tipo que poderia ser proibida dentro de aviões por motivos de segurança, visto que seu portador poderia sequestrar a aeronave e ameaçar de morte os passageiros, caso não obedecessem às suas exigências no tempo estipulado. Ele entrou imediatamente e se dirigiu à mesa de jantar, sentando-se e afrouxando o cinto um ou dois furos, como se estivesse acabado de comer um carneiro inteiro recheado com arroz frito em manteiga pura. Ele disse: "A polícia está vindo para te levar para a prisão". Respondi sorrindo, como quem tem controle completo da situação: "Mas existem procedimentos legais para isso, deve haver um processo e devo ser intimado...". Ele respondeu, cortando minha fala: "Se você quiser, eu retiro o processo agora mesmo, abro mão do meu direito e encerramos o assunto". E completou: "Cinco mil dólares!". Eu disse: "Impossível! E tem uma coisa, eu não ataquei sua irmã!", e ele respondeu: "Não ouse falar da minha irmã e, se tiver que fazê-lo, limpe essa boca antes". Em seguida, o sujeito afrouxou o cinto com uma rapidez inacreditável, tirou-o e bateu nas minhas mãos, que estavam unidas sobre a mesa, e senti uma dor indescritível; mas, com essas mesmas mãos extremamente doloridas e que ainda se encontravam unidas, dei uma porrada no rosto dele com uma força que o pegou de surpresa e ele teria ido ao chão se não tivesse feito um movimento de contorcionista, recuperando o equilíbrio. Ele era mais jovem que eu e também muito mais alto; então corri para a cozinha, aproveitando sua perda de equilíbrio, e peguei uma faca. Ele a tomou de mim num instante e me deu um safanão, dizendo: "Enfie isso no rabo! Mas não agora, daqui a quarenta e oito horas!".

Que precisão!

E completou: "Cuidado para não machucar o rabo quando enfiar a faca aí!".

Era um grosseiro, um atrevido.

Ele me deu quarenta e oito horas para arranjar cinco mil dólares americanos para resolver o problema entre nós e normalizar nossas relações! E saiu.

Cinco mil dólares! Ele está brincando? Quem ele acha que eu sou? Será que imagina que sou Hariri ou Bill Gates? Além do mais, onde será que as pessoas como ele aprendem a pensar assim e a negociar com esses valores enormes? É como se a inflação não estivesse agindo na moeda apenas, mas em tudo, em todas as áreas e principalmente no nosso cérebro. De noite o dito-cujo me ligou, aquele ladrão prepotente, para me aconselhar a não contar com minha esposa a partir daquele momento, pois ela estava fora da jogada depois de se acertar com ele: "Sua esposa é esperta! Bem mais esperta que você!".

E o que ele quis dizer com isso?

Minha esposa deve ter feito o tio ajudá-la, possivelmente apelando para algum candidato concorrendo às eleições parlamentares, alguém que acredite que a vitória é determinada pelo número de votos e que concordara em atuar como mediador, na esperança de obter os votos dela e do tio, além dos votos daqueles que devem favores ao tio e lhe são gratos. Então será que ela vai elegê-lo, ela que sempre diz que não acredita em eleições no nosso país? Será que ficaria agradecida? Não creio que demonstrar gratidão seja um dos seus hábitos. (Ela nem me disse obrigada ao saber que estava grávida!)

Minha esposa salvou o pescoço dela e empurrou o sujeito para mim (com o conhecimento da minha tia, será?), e achou que isso era um direito seu, já que não tinha mais nenhum laço comigo. Afinal, ela se desfaz do que bem entende e só me resta vestir aquilo de que se desfez! *It's ok!*, como gosta de dizer minha esposa nessas situações. Ela já se mudou para uma trincheira diferente. Está numa trincheira e eu noutra. Não faz mal. Que seja assim então!

Que seja assim! Se eu tiver mesmo que entrar nessa batalha, o desfecho será bem-sucedido, se Deus assim permitir! Para onde ela vai ao fugir de mim, e como, se eu estou dentro dela, no seu ventre, nas suas entranhas? Ela só vai conseguir fugir de mim se morrer. Isso mesmo, se morrer, e nada menos que isso.

Sua barriga é uma prova contra ela mesma!

Não importa quão mentirosa seja com relação a tudo, ela não conseguirá mentir sobre a barriga, não conseguirá evitar que cresça e se arredonde, não conseguirá fugir do fato de que possui um laço comigo, e é isso que vai surpreender aquele idiota, grosso e indecente, o irmão da costureira. Ela não conseguirá mudar as leis da natureza, a não ser que desperte nela uma genialidade nunca antes vista. Quem poderá saber que genialidade é essa!? Porque dela provém apenas a genialidade para trapacear, porque é fraca e sem artimanhas, exceto para mentir; pegue a mentira que quiser e verá que em todas seu semblante parecerá límpido e puro.

Virgem!

Virgem de corpo e de alma. Muito mais de alma que de corpo. Ela nunca assume a culpa por nada, exceto quando obrigada. Se omite algo de quem deve saber tudo sobre ela — completamente tudo —, só por ser seu marido, é porque teme ser mal interpretada, já que é casta e intocável. Na primeira vez que nos encontramos, no café Al-Rawda, ela alegou que nunca havia tido um relacionamento antes. "Só essas coisas que acontecem com toda moça", disse. Depois, ficou claro que estava noiva.

Noiva!?

Não! Não! Não! Ela não estava noiva oficialmente de modo público, mas o rapaz a visitava sempre.

"Ele vivia lá em casa!"

E a família dos dois sabia que ele "vivia lá em casa"; o relacionamento deles ocorria normalmente e o casamento era algo certo, não cabia a ela perguntar se iria acontecer ou não. Ela era apenas uma criança que não compreendia nada da vida.

Coitadinha!

Eu não estava a par de nada disso!

E se ela não tivesse me agraciado com esse pouco, como eu iria saber?

Não! Não! Essa coisa ninguém sabe porque não aconteceu como costuma acontecer, para falar a verdade. O menino em questão era um adolescente e parente dela: "Era meu primo!". Foi o que ela disse da primeira vez, com um fio de voz. Quem vivia perto deles acreditava que entre os dois só havia afeto, já que não era possível haver mais que isso, principalmente para os mais velhos que conviviam com eles, afinal a diferença de idade entre ambos era muito grande, oito anos.

Eu era muito pequena.

Senhor!

"Não ponha a culpa em nenhum dos meus familiares", era o que ela me dizia quando eu os atacava: "Processe todos eles! Mande todos para a cadeia! Isto é assédio contra uma criança, com a conivência dos outros!". "Não! Pois não há nada que eles tenham feito ou deixado de fazer para serem culpados!" Então ela disse que, na verdade, se iludira por uma infinidade de coisas por causa da pouca idade e que esse parente se casou mais tarde, quando ela estava com dezesseis anos, e que ela sofreu um baque porque, na sua inocência, não esperava por aquilo. E isso é tudo.

Como é que isso podia ser tudo se, quando pronunciou o nome dele, ela quase perdeu a voz?!

"Não! Ainda por cima quis me provocar, quando se casou no Golfo com uma síria que conheceu lá, e enviou para a mãe uma foto na qual escreveu que ela se parecia comigo! Minha tia me mostrou a foto e estava escrito: 'Ela se parece muito com minha prima, não?'. Consegui ler a frase, mas não consegui olhar a foto para ver se de fato ela se parecia comigo, ou se era uma piada de mau gosto, já que meus olhos estavam cheios de lágrimas."

Ela continuou: "Senti como se tivesse levado uma facada, porque ele me fez ter certeza de que meus sentimentos tinham sido construídos sobre algo verdadeiro". "Como seria possível?", perguntei a ela. "É claro que isso só confirma que seus sentimentos foram construídos sobre coisa nenhuma, e assegura também que tudo o que você estava considerando verdadeiro não passava de ilusão, e confirma também que seu primo não estava pensando em você como mulher, para ele você não passava de uma parente!" Então ela respondeu, constrangida: "É a última coisa que me preocupa, o fato de ele pensar em mim". Eu lhe perguntei, então: "Essa história é tão antiga" — ela estava com uns catorze anos — "e ainda mexe com você a esse ponto?". Ela não respondeu. Quanto à minha pergunta insistente sobre se o primo estava aqui em Beirute naquele momento, ela também não respondeu.

"Tia, eu lhe rogo, por tudo o que é mais sagrado, me diga se o primo dela voltou de viagem, eu lhe imploro que me responda com toda a sinceridade, o que você sabe sobre o relacionamento da minha esposa com o primo?" Como se tivesse sido apanhada de surpresa com essas perguntas, ela respondeu: "Não sei absolutamente nada sobre esse assunto. Agora me conte o mais importante: o que você decidiu com relação ao irmão da outra?". Minha tia me aconselhou a chegar a um acordo com ele porque, de uma maneira ou de outra, a situação se transformara numa novela, num "escândalo", e em seguida me revelou que estava disposta a me ajudar com mil dólares, dos quais conseguiria dispor sem que ninguém soubesse; isso teria que permanecer um segredo entre nós dois para sempre. "Vá lá e resolva essa questão com ele agora mesmo e não deixe ninguém intervir, antes que sua mãe saiba a respeito, porque até agora ela só sabe o que eu contei, isto é, que você e sua esposa estão com alguns problemas que não passam de chuva passageira de verão."

"Será que ele está por aqui esses dias? Será que voltou do Golfo?"

Ela disse: "Parece que ouvi a mãe dela dizer que tem mais de uma semana que ele foi visitá-la na companhia das quatro filhas".

"Quando? De noite? De dia? Por acaso minha esposa estava na casa da mãe na ocasião?"

"Só sei que ele fez uma visita na companhia das quatro filhas e que a esposa dele está grávida de novo porque ele quer um menino, mas o ultrassom mostrou recentemente que o bebê é menina."

Eu sei que ele tem quatro meninas e nenhum menino, minha esposa me contou, e disse também que o fato de não conseguir ter meninos está ligado a uma praga que ela jogou nele para que ele só tivesse meninas e reconhecesse o valor delas e o que significa tratá-las com desdém, sem respeito, sem consideração. Mas que desdém? Eu disse: "Ele não te tratava assim, pelo que você me contou, a menos que esteja escondendo algo de mim". Eu a interrompi ali, nesse ponto da conversa, pois estava certo de que ela escondia muitas coisas de mim, coisas essenciais. Então ela respondeu que tinha me contado por alto o que acontecera e que essa era uma história antiga, de cujos detalhes já não se lembrava mais. Rejeitei veementemente sua alegação, dizendo que ela não tinha esquecido nada de nada e que se lembrava de tudo sim, porque a ferida que fora aberta ainda sangrava como se fosse hoje.

Com o tempo, graças à minha insistência diária e contínua, minha esposa não conseguiu mais se calar, mesmo se esforçando para guardar tudo em segredo no seu coração e, sem sombra de dúvida, no coração da minha tia também. A despeito disso, a cada vez era obrigada a revelar algo novo sobre essa história, até que um dia ela me contou a história toda, de A a Z.

Certo dia em que estavam no carro — a mãe dela ao volante e a tia ao lado —, o primo a fizera sentar-se em seu colo no banco de trás; a irmã mais velha dela e a irmã mais nova dele também estavam no automóvel. Ela tinha nove anos e ele, dezesseis. Estavam na estrada indo visitar a faixa ocupada, que se tornara um ponto de visitação depois de libertada da ocupação israelense, que durara mais de vinte anos.

A única condição era que sua irmã e sua prima se sentassem do lado do mar durante a ida, e que ela e o primo fossem do lado das montanhas, e que no caminho de volta trocassem de lugar.

Sua mãe e a tia estavam entretidas trocando observações sobre o sul do Líbano, que não visitavam desde a primeira invasão israelense.

Na estrada já havia um ar de feriado: cartazes em tributo à resistência e seus grandes sacrifícios, carros particulares e públicos, ônibus transportando delegações populares e sindicais, alunos das escolas de todas as regiões do Líbano e de outros Estados árabes também.

A irmã e a prima estavam distraídas contemplando o lindo mar entre Beirute e Sidon; enquanto isso, ela permanecia no colo do primo quase caindo no sono, como acontece toda vez que um carro pega a estrada numa viagem longa.

Por volta das nove da manhã, ele pusera a mão entre suas coxas, tocando sua vagina e enfiando o dedo nela; minha esposa levou um susto quando isso aconteceu, sem compreender nada. Por um instante, ele continuou movimentando seu dedo dentro dela, enquanto ela sentia coisas incríveis, que jamais havia sentido, sem saber o nome daquelas sensações. Ela gostaria de dizer a ele que tirasse a mão de onde estava, mas ele a abraçava com força e delicadeza, como ela gostava normalmente de ser abraçada. Ela só se recordava de que o primo a carregava de lá para cá fazendo gracinhas e a abraçando, ao passo que ela sempre dizia a ele: "Você é meu marido", com o que todo mundo ria, com exceção do pai, que lhe disse uma vez: "Não diga isso!"; ela levou um susto e correu para a mãe, para contar o que o pai havia dito, e a mãe respondeu que o pai só pensava com maldade e que ela não devia dar a mínima para o que ele dissera.

Depois, o primo aproximou a boca do seu ouvido e perguntou, dando uma leve mordida:

"Tá gostando?"

E ela balançou a cabeça em sinal positivo. Ela "estava gostando" mesmo, de certa forma. Então, ele lhe disse: "Ai de você, se contar para alguém!", e continuou, em tom de ameaça: "Se eu souber que você contou para alguém, nunca vou me casar com você!". Ela ficou com medo, muito medo! Ficou confusa e chorou. Quando a viu chorar, ele tirou a mão, o que fez seu medo aumentar, pois ela temia que ele ficasse bravo e largasse dela de uma vez por todas, e naquele instante disse ao primo: "Deixa a mão aí!".

Ele respondeu: "Eu deixo, com uma condição: de que você vai me prometer uma, duas, três vezes que não vai falar disso pra ninguém!". Ela prometeu e jurou pela vida do seu pai, da sua mãe e de todos os seus irmãos que seria fiel ao juramento, então ele enfiou a mão de novo lá e recomeçou a tocá-la e a acariciá-la até que de repente a apertou com força, causando-lhe dor.

Essa menina cresceu e um dia se tornou minha esposa, por conta de artimanhas da minha tia e com a promessa do primo de que iria se casar com ela com a condição de que ela não revelasse a ninguém o que continuou se passando entre os dois durante sete longos anos.

Mas o que se passava entre os dois?

Minha esposa alega insistentemente que ele jamais a penetrou! Nem uma só vez! "Pode acreditar, Rachid querido, se você puder acreditar em mim!"

"E como você quer que eu acredite em você?", era o que eu sempre lhe respondia. "Com que direito você me pede uma coisa dessas? Isso está além do que eu posso suportar."

Falei a ela com toda a sinceridade que desejava que suas palavras fossem sinceras e verdadeiras e que, de todo o meu coração e por Deus, ela estivesse falando a verdade, e nada além da verdade. Mas que não conseguia. Do fundo do meu coração, eu disse que não conseguia, e pedi sua ajuda.

"Você tem que me ajudar! Espero que você não esteja mentindo, mas preciso que você me faça acreditar no que diz."

E às vezes ela me respondia: "Se quiser acreditar, acredite, se não quiser, não acredite; você é livre, já está grande e não é mais um adolescente. Você é responsável pelo que diz e pelo que faz", dizia. Eu não entendo o que ela quis dizer com isso, não sei se ela estava debochando de mim ou não.

"Será que é possível você ficar com ele por sete anos, talvez mais, sem se comportarem como homem e mulher de verdade? Quem vai acreditar nisso?"

"Eu não fiquei com ele", ela dizia, "mas as coisas eram assim, porque na minha inocência e ingenuidade ele seria meu marido assim que surgisse a oportunidade, e eu seria dele até o fim dos nossos dias. Não discutia isso com ninguém, nem pensava nele, muito menos pensava em alguém diferente dele, ou que, simplesmente, não fosse igual a ele. Entendeu? Eu não tinha consciência de que ser marido e mulher era como nós dois somos agora! Entendeu?"

"Tudo bem, eu entendi, mas então me diga o que vocês dois faziam ao longo desses sete anos se vocês não..."

"Você só se importa com isso!", ela respondeu, como que me repreendendo.

Como se "isso", Senhor, não fosse importante! O que então é importante, ó tão liberal e avançada senhora? Ó viciada em filmes e programas de tevê a cabo. Diga-me o que seria mais importante do que as aventuras sexuais da minha esposa? Minha esposa é minha parceira na cama, mãe dos meus filhos, aquela que carrega meu nome, aquela que é chamada pelo nome da minha família, aquela que, se alguém a toca, estará me tocando também, em todos os sentidos, desde os mais abstratos até os mais sensivelmente concretos... isto é, caso um homem a penetre, estará me penetrando também (Senhor!), e se...

Ele se aproveitava dela sem que ela tomasse nenhuma iniciativa, até chegar aos dezesseis anos de idade!

"Então como ele se aproveitava de você, como? Conte-me! Pois quem tem mais direito de saber tudo sobre você do que seu marido, que te aceitou apesar de tudo, com a condição de você falar a verdade? Espero que não tenha ocorrido penetração e que você não tenha desfrutado, e que tenha sido apenas refém da sua inocência e vítima da sua ingenuidade, enquanto seus pais e familiares não tomavam conhecimento de nada. Mas me diga o que ocorreu, em detalhes!"

Em detalhes! Detalhes! Nada mais, nada menos que isso. Na verdade, prefiro saber para mais do que para menos.

Eles não tinham um lugar para ficar a sós. Encontravam-se na casa dos pais dela quando ele ia visitá-los acompanhando a mãe, ou o contrário, quando a mãe dela a levava para visitar a tia.

Quando ela cresceu, a tia começou a notar que os dois combinavam. Disse uma vez à irmã o que observava e lhe confessou em segredo que esperava que os dois ficassem juntos, o que levou a irmã a responder: "O futuro está nas mãos de Deus". E acrescentou: "Por que não?", embora jamais tivesse dito algo a ela. Nem sobre casamento, nem sobre amor ou afeto de espécie alguma, além de não ter lhe prometido nada, ainda que pensasse que o que estava acontecendo entre os dois era algo muito natural e que eles se casariam um dia quando chegasse a hora; ela nunca duvidou disso, nem uma vez sequer. Bastante estranho.

Quando eles se encontravam na casa de um dos dois, ficavam sozinhos no quarto. Ele se aproximava e a beijava, mas os dois ficavam de roupa, não tiravam nada.

"Mesmo quando você já tinha dezesseis anos e ele vinte e quatro? Você quer que eu acredite no que você está contando, que nunca tinha visto um homem antes de mim em toda sua vida, é isso que você alega? Será possível que ao longo de sete anos, dia após dia, vocês não se encontraram nem por uma horinha longe dos olhos dos outros? Que não tiraram a roupa nenhuma vez?"

Ela disse que nunca vira um pênis na vida!

Por que ela veio com esse papo inacreditável?

"Perguntei de cara, na primeira vez que nos encontramos, no café Al-Rawda, se você estava dizendo a verdade. Eu sou um homem sério, e você me iludiu dizendo que estava falando a verdade, mentiu pra mim, e aqui estamos nós dois pagando o preço dessa mentira. Como seu sangue desceu, então? Como você sangrou, na primeira noite que entrei em você?"

Ela respondeu: "Fiz descer esse sangue por você! Quando você começou a insistir de uma hora para outra em assinarmos o contrato de casamento e pediu que fosse o mais rápido possível, fui ao médico...".

"Médico ou médica?"

"E que diferença faz? Pedi que me fizesse essa cirurgia rapidamente. Foi assim que eu fiz descer esse sangue de que você está falando! Foi por você!", ela afirmou por fim.

Mais tarde, sempre que me via incomodado de tocarmos no assunto, ela repetia que fizera a operação por mim, para que nosso casamento desse certo.

"Quando você me contou o que a namorada do seu amigo disse, pensei que seria uma coisa boa a fazer, e achei que era um presente ao qual você daria muito valor."

Não dá para imaginar um ser humano mais capaz de contornar as situações ao seu bel-prazer do que ela.

Habilidosa! Audaciosa! Perspicaz!

Em vez de reconhecer que é mentirosa, uma vagabunda imoral e calculista, ela quer dizer que, apesar desse grandioso colapso, ela se sacrificou por mim!

Que moral elevada! Meus parabéns!

Era tão apaixonada por mim que fez grandes sacrifícios, entre eles a reconstituição da sua virgindade com o objetivo de me iludir, para eu pensar que ela era virgem, já que eu não aceitaria me casar com uma mulher arrombada, uma mulher que não fosse virgem!

Minha esposa se espanta pelo fato de eu não aceitar me casar com uma mulher que não é mais virgem, como se eu fosse um ser de outro mundo, mas, como me ama muito, me aceita como uma coisa de que não se pode escapar, sacrificando-se por mim, pondo em risco sua saúde e fazendo uma operação para completar seu corpo, ficando exatamente do jeito que eu quero. Então esconde tudo isso de mim, para que eu não esquente a cabeça e muito menos suspeite de algo!

É isso mesmo!

Contudo, não precisava ser muito inteligente para levá-la a admitir todas essas coisas graves que escondera de mim, pois ela estava desonrando a si própria espontaneamente sem se dar conta e sem grandes esforços da minha parte. Bastava mencionar o nome da tia para ela ficar vermelha, verde, amarela, e, ao saber certa vez que a tia visitara a mãe, explodiu de raiva, não pela visita, e sim porque a mãe não lhe telefonara antes para saber se a tia podia ir ou não.

"Ou minha tia ou eu!", dizia ela à mãe, ameaçadora.

Ela não queria se encontrar com a tia em lugar nenhum, principalmente na casa dos pais, então convenceu a mãe a obrigar a tia a ligar para ela antes de visitá-la, para que minha esposa não estivesse lá e fosse obrigada a esbarrar com ela.

Quando minha esposa ficou sabendo que o primo havia se casado, explodiu junto com todos os seus segredos, revelando à mãe suas expectativas com relação ao primo. Disse, inclusive, como prova contundente da veracidade das suas palavras, que ele havia tirado sua virgindade quando ela estava com apenas nove anos. Então estourou uma guerra entre a mãe e a tia que durou algum tempo, porém mais tarde a paz se estabeleceu entre as irmãs, uma vez que a tia ofereceu toda a ajuda possível, prometendo que convenceria o filho — se o que minha esposa dissera fosse verdade — a pagar os custos de sua viagem para a França ou para a Inglaterra para fazer a cirurgia de reconstituição da virgindade. No entanto, minha esposa se negou com todo o vigor de que dispunha, bateu o pé e disse: "Sou dona do meu nariz".

Quanto a mim, em meio a todo esse alvoroço, e apesar da dureza dos fatos, fui — sem exagero nenhum — um exemplo de cooperação, amor e solidariedade, a ponto de sugerir uma solução que livrasse nós dois daquele sofrimento diário e contínuo em que vivíamos. Então, depois de uma longa discussão e de um bate-boca que se estendeu por dias e noites, ela concordou em visitarmos uma ginecologista juntos para perguntar se ela havia sido arrombada com a mão havia algum tempo ou se tinha sido arrombada mais recentemente com alguma outra coisa. Dependendo do que a médica dissesse, decidiríamos nós mesmos quem estava com a razão e quem estava equivocado; assim, cada um tomaria a decisão que lhe conviesse. Afinal, se ela tivesse sido arrombada com a mão quando era pequena, eu estaria pronto para perdoá-la completamente, virar a página e considerar o assunto totalmente esquecido, como se não tivesse existido, pois não sou assassino nem carcereiro, muito menos carrasco, sou apenas um homem que espera da vida o mínimo que ela pode oferecer: uma moça virgem. É extremamente necessário que eu reconheça o fato de ela aceitar me acompanhar até uma médica escolhida por mim, para consultá-la quanto a essa questão, é uma iniciativa da parte dela que estimo e valorizo muito. Essa é outra prova de sua boa intenção e de sua boa vontade de vivermos juntos em paz e harmonia.

Por outro lado, se tudo fosse diferente, isto é, se ela tivesse perdido a virgindade em tempos mais recentes, aí a história mudaria de figura e minha decisão seria clara, sem titubear: eu não permitiria que ela brincasse comigo, desprezando-me assim; eu a faria pagar por isso. Algumas coisas na sua atitude me permitiam levantar essa hipótese, entre elas a alegação de que a médica poderia não saber se ela fora desvirginada com o dedo ou com alguma outra coisa, e minha reação foi "primeiro temos que ouvir o que a médica vai falar, antes de apresentar análises ou explicações, não há necessidade de antecipar as coisas".

Minhas incertezas aumentaram também quando ela insistiu em ir primeiro ao médico com quem costumava se consultar; no entanto, minha rejeição a essa ideia foi peremptória, pois o médico poderia tomar seu partido ou conspirar com ela, uma vez que sua experiência como ginecologista o ensinara a ser defensor das mulheres, de tanto ver com os próprios olhos o sofrimento por que elas passam. Francamente, não gosto que a mulher vá a um médico homem, a não ser em último caso; do contrário, que vá a uma médica. Não gosto dos ginecologistas homens, acho que estão no lugar errado; afinal eu, como homem, tenho o direito de que algumas coisas da minha mulher sejam só minhas e não gosto de compartilhá-las com ninguém, nem pelo toque, nem pelo olhar, nem pelo olfato. Não sou puritano, mas gostaria de ter uma mulher que fosse só minha por toda a vida. O que há de espantoso nisso?! Não consigo me deleitar num lugar onde outros já estiveram antes de mim. Fico longos dias incomodado em ter que me aproximar de algo em que o médico pôs a mão, mas quem vai me culpar por sentir isso, e por quê? É assim que meu cérebro funciona. Não digo que a mulher não deva ir a um médico homem em nenhuma circunstância, não digo isso mesmo, contudo penso que ela deve ir a uma médica mulher se possível, porque não tem o direito de ir a um médico se houver uma médica disponível. Estou sendo puritano no meu posicionamento? Onde está esse puritanismo? Quando o olho do médico recai sobre o que me excita na minha mulher, sinto que fui despido, que ele me expôs e me violou. E como seria se ele tocasse pra valer esse lugar e ficasse mexendo e apalpando? Afinal, como se pode pedir a alguém que fique excitado com um corpo, ou com alguma parte dele, tendo em vista que esse corpo ao mesmo tempo é comum a todos? De jeito nenhum!

Não gosto dos poetas pretensos e esnobes que se deleitam ouvindo a si mesmos repetindo coisas e mais coisas a respeito da mulher, da liberdade dela e do fato de ela ser assim ou assado. "A mulher é tal qual um belo livro", diz um de seus expoentes, "de modo que, mesmo que todo mundo possa desfrutar da sua leitura, ainda assim você poderá desfrutá-lo também!". Não! A mulher não é um belo livro coisa nenhuma, esse é um discurso vazio e pretensioso, que não tem nada de belo a não ser o modo como é dito, e só. Se você visse como esses mesmos poetas lidam com as mulheres!

Veja só! "Sinto nela cheiro de homem", ouvi um desses poetas novos dizendo. Esse poeta carrega o estandarte do poema moderno, mas rejeita estar na primeira trincheira em defesa da poesia modernista, pois simplesmente insiste em seguir junto das velas da poesia clássica, seja para destruí-las, seja para destruir o que restou dela. Ele não vai sossegar nem desistir enquanto não derrubar a última fortaleza!

"Alô, *bonjour, madame*. Um minuto, *please!*"

Foi assim que nos atendeu a secretária quando ligamos pedindo para agendar uma consulta com a médica que me fora indicada. Perguntei sobre sua ética a quem já tinha se tratado com ela, e as recomendações foram boas. Depois de um minuto de espera, a secretária voltou e marcou uma consulta para dali uma semana, às dez em ponto.

Uma semana?

Isso é muito tempo. Não gostei. Afinal, os médicos costumam dizer que têm uma infinidade de pacientes só para fazer propaganda, marcando consultas para muitos dias depois ou marcando todas juntas para dar a impressão de que são muito requisitados, e o paciente que queira se consultar que corra atrás! Será que ela é assim também?

Que pena!

Um dia antes da consulta, liguei para a clínica sozinho, na ausência da minha mulher, e pedi para falar diretamente com a doutora, depois que me apresentei à secretária. Então eu disse à médica que tudo o que eu queria dela era que fosse sincera no dia seguinte, que dissesse a verdade, e que não escondesse nada de mim, isso era tudo que eu queria. Ela não comentou nada, limitou-se a dizer que era aquilo que iria ocorrer: "Fique tranquilo!".

Eu não tinha razões para duvidar da sinceridade daquela mulher e de que sua agenda a impedisse de nos atender antes de uma semana. Mais tarde, a experiência nos mostrou que ela era de fato sincera, assim como eu esperava que fosse. Pediu que eu entrasse com minha esposa na cabine de exame e permaneceu um tempo observando antes de dar o veredito. Ela a examinou bem, abriu alguns livros e leu trechos, consultou imagens coloridas e ligou para alguém, utilizando na conversa termos técnicos que eu não era capaz de entender, depois pediu que nos sentássemos diante da sua mesa e disse: "O rompimento aconteceu há muito tempo, mas não consigo definir a data exata. Com relação à sutura na vulva e seu rompimento pela segunda vez, pode-se dizer que não tem mais que algumas semanas". Nesse momento, perguntei-lhe se conseguia avaliar aproximadamente, e não com exatidão, a data em que acontecera a perfuração, se havia sido há um ano, três ou cinco. "No mínimo, há muitos anos", disse, "não afasto a possibilidade de que tenha sido há dez anos ou mais." Em seguida, perguntei: "Será que poderíamos definir qual foi o instrumento utilizado?". Ela respondeu, depois de dar a entender que a pergunta a pegara de surpresa: "Não!". Insisti dizendo: "Seria algo pontudo, um dedo, ou alguma outra coisa?". Ela respondeu: "Não posso afirmar com certeza, mas ao que tudo indica aconteceu sem que algo se rompesse por fora da passagem". Continuei: "A senhora consegue determinar o tamanho da coisa que fez isso, quero dizer, o calibre?". Ela deu a impressão de ter ficado incomodada com essa pergunta, porém não voltei atrás e a fiz entender que eu estava ali por causa da verdade, e não por nenhuma outra coisa, afinal minha esposa não estava doente, graças a Deus, e, depois, não há por que ter vergonha da verdade, sobretudo nesses assuntos ligados à moral e à religião. Em minhas últimas perguntas, eu quis saber se antes do casamento minha esposa havia praticado penetração com frequência ou ocasionalmente, desde quando e até quando? Ela não pôde me dar um parecer definitivo, mas ainda assim disse: "Posso afirmar que ela não deu à luz, por exemplo, e que não abortou. Quanto à prática do sexo com penetração, cabe a você acreditar ou não". Na sequência eu indaguei: "E o que a senhora me aconselha? Acredito nela ou não?". Ela levantou os ombros em sinal de que não poderia me ajudar, e disse: "Ela é sua esposa, isso é um problema entre vocês no qual não posso interferir, na verdade nem gostaria". Respondi deixando claro o que queria saber: "Minha dúvida é se, depois de examiná-la e ver tudo com seus próprios olhos, a senhora está mais propensa a acreditar que ela poderia ter tido uma prática sexual mais contínua ou mais ocasional, ou nada?". Era isso que eu queria saber. Então ela me perguntou desde quando éramos casados, eu respondi que fazia um mês, e, como entendi a razão pela qual ela me fazia aquela pergunta, acrescentei: mas só fizemos sexo completo dez vezes. Ela deu um leve sorriso, indicando que tinha entendido que eu contava o número de vezes que penetrava minha esposa.

Isso foi no que deu nossa ida à médica. Não avançamos em nada.

Minha esposa, enquanto isso, ficou calada, como se estivesse em outro mundo, sem ligação alguma com o lugar onde estávamos, seus olhos lacrimejavam como se ela estivesse prestes a chorar e seu olhar se dirigia ao nada.

Não trocamos uma só palavra ao sair do consultório da médica. A sensação que eu tinha era de que acabara de sair da água depois de me afogar no mar, embora tivesse sido salvo no último instante. Estava completamente sem forças, sem vida, numa cidade litorânea quente e úmida, Beirute em agosto, com o calor muito acima da média; estávamos sem eletricidade por falta de combustível para as usinas funcionarem, e as companhias de abastecimento reclamavam que o Ministério da Energia não quitara as contas acumuladas. Segui meu caminho e deixei minha esposa seguir o dela, porém não sem antes lhe dizer, virando-me em outra direção e sem olhar para ela: "Vou ali perguntar o preço da televisão".

Não perguntei o preço da televisão, mas achei que tinha errado no meu casamento, pensei que estava destinado a ser infeliz. Que era um brinquedo nas mãos do destino; que talvez Deus, o todo-poderoso, permitisse ao destino brincar com a sorte das pessoas, ou quem sabe com a de apenas algumas delas. Ou talvez fossem os demônios que estavam brincando comigo, ao verem em mim uma fragilidade e aproveitando para puxar minhas rédeas.

Isso mesmo! Os demônios!

Por acaso os demônios não existem? Alguém poderia negar sua existência?

Se não existem, como foi possível acontecer isso comigo? Comigo! Nem por um dia passou pela minha cabeça que eu seria uma vítima desse tipo.

Lembro que, quando li pela primeira vez *As mil e uma noites*, estava na flor da idade e, além de ter ficado confuso, levei um choque, porque durante toda a adolescência meu sonho era me tornar rei, de tanto que amava as mulheres. Na minha imaginação, o rei podia possuir quantas mulheres quisesse e as mulheres sonhavam em ser possuídas por ele. O sonho delas era se entregar unicamente ao seu marido, o rei.

"Eu sou o rei!"

Eu anotava essa frase nos meus livros, nos meus cadernos e na lousa da sala de aula também. Hoje em dia, quando viro as páginas dos cadernos e dos livros que me restaram daquela época, espanto-me com essa insistência, com essa obsessão. Não à toa, meus colegas me chamavam de "eu sou o rei!", e isso me incomodava demais, porque eu desejava que me chamassem "rei!". Desejava que me dissessem: olhe "o rei", chegou "o rei", e não: olhe o "eu sou o rei", chegou o "eu sou o rei". No entanto, não se luta contra as provocações dos adolescentes, eu sentia que era alvo de uma violência crescente toda vez que tentava reagir.

Como as mulheres traem seus maridos, os reis! As primeiras páginas de *As mil e uma noites* foram uma bofetada na minha cara! A mulher do rei o trai com o escravo a céu aberto:

> Então, Xahzaman, irmão de Xahriar, olhou para a porta do castelo que se abriu repentinamente e dela saíram vinte concubinas, vinte escravos e a mulher de seu irmão, que caminhava no meio deles — extremamente linda e bela —, até que chegaram a uma fonte, despiram-se de suas vestes e sentaram-se juntos. De repente, a mulher do rei diz: "Massud!". E um escravo negro veio e a abraçou, e ela a ele, então se deitou com ela, e assim também fizeram as outras concubinas...!

Foi como se acendessem o pavio de uma banana de dinamite e a colocassem bem no fundo do meu cérebro! Foi como se eu estivesse num caminhão sem freios, indo ladeira abaixo — exatamente como na comparação que faziam minha esposa e sua mãe — num bairro popular cheio de gente e de crianças.

O que me chocou ainda mais foi o fato de esse ser tão belo, afável, puro e celestial — a mulher — poder dobrar até mesmo a vontade dos gênios, superando os reis na força, na artimanha e na esperteza! Essa superioridade não se refere a fazer o bem, e sim o mal. Ela não lhes é superior para se libertar da sua prisão, e sim para se vingar, fornicando com outros homens:

> Então o rei Xahriar disse a seu irmão Xahzaman: "Desejo ver com meus próprios olhos [...]". Quando o rei Xahriar viu aquilo, perdeu a cabeça e disse ao irmão Xahzaman: "Vamos, façamos uma viagem, pois não necessitamos do reino até que vejamos se aconteceu a alguém a mesma coisa que aconteceu a nós, porque, se assim for, será melhor morrer do que viver [...]". Então, eis que aparece um gênio [...] com um baú na cabeça. Subiu em terra firme e foi em direção a uma árvore, sobre a qual estavam os dois. Abriu o baú e dele retirou uma caixa e a abriu em seguida; dela saiu uma jovem sedutora, esplêndida como a luz do sol. Ao olhar para ela, o gênio disse: "Senhora das sedas, que sequestrei no dia de seu casamento, gostaria de dormir um pouco". Em seguida, o gênio encostou

a cabeça em seu joelho e dormiu. Então ela olhou para o alto da árvore e avistou os dois reis. Ela levantou a cabeça do gênio de seu joelho e depositou-a no chão, ficou de pé debaixo da árvore, e disse aos dois, fazendo um sinal: "Desçam, não tenham medo do gênio". Eles desceram até ela, que os desafiou, dizendo: "Esperem", e tirou do bolso uma bolsa e, desta, uma corrente com quinhentos e setenta anéis. Então disse: "Vocês imaginam o que possa ser isso?". Eles responderam: "Não temos ideia". Ela continuou: "Todos os donos desses anéis estiveram comigo debaixo do nariz deste gênio, pois então me deem seus anéis também". Eles lhe deram seus anéis e ela lhes contou: "Este gênio me sequestrou na noite do meu casamento e depois me enfiou numa caixa e a depositou dentro de um baú, o qual fechou com sete cadeados; ele me lançou no furioso e arenoso fundo do mar, porém não sabia que, quando a mulher quer algo, nada pode detê-la".

A razão do meu sonho de ser rei é meu desejo de gozar de quantas mulheres quiser, todas só minhas; no entanto, se até a mulher do rei o trai, então não haverá homem neste mundo que não seja traído pela esposa.
Uma catástrofe!
Talvez minha esposa me traísse se eu fosse rei, mas não há um único indício no horizonte de que vá me tornar um.
Quando uma mulher traía o marido no cinema, sempre imaginei que ela o traía comigo, por mim ou para mim, e era disso que eu gostava e o que me deixava à vontade. Aquelas

mulheres do cinema eram todas minhas, fossem senhoritas ou senhoras, eu podia me afastar ou me aproximar daquela que bem entendesse. Jamais uma dessas mulheres se negou a satisfazer um desejo meu, elas logo se davam conta do que eu queria, com um simples gesto, bastava ter a intenção de dizer sem dizer, pois já não havia necessidade de me incomodar em explicar e esclarecer o que eu queria.

Eu ficava indescritivelmente alegre quando lia ou ouvia que uma atriz tinha saído da tela para se juntar ao público em algum filme. Isso mexia com minha imaginação, significava que a ideia estava lá fora e que as pessoas pensavam nela, e por isso era algo possível, mesmo sendo uma ilusão, já que, se a atriz saísse da tela para a sala de cinema, era a mim que ela iria se dirigir na mesma hora, tendo o prazer de me encontrar, de me conhecer, e assim por diante.

Todas as mulheres eram puras, exceto quando estavam comigo. Isso era algo de uma beleza que não diminuía sua honra nem seu caráter. Dormi trinta e cinco anos sendo ninado por esse sonho. Eis que descubro, surpreso, que minha esposa, minha por direito, lei e história, e pelo que você quiser, não é minha coisa nenhuma, e que, logo, não vou ter ninguém! Por isso é que me surpreendo com o fato de que a mulher que era para ser só minha tenha misturado seu sangue com o de muitos.

Ô, meu filhinho, em que útero você estará? Que Deus te purifique de toda mácula!

E depois ela ainda alega ser pura, só para te matar mesmo!

Isso mesmo! Alega ser pura!

Nunca viu um pênis antes, nunca tocou nem viu seu sêmen.

Ela faz todo esse circo para, no momento crucial, virá-lo para o outro lado! Isso mesmo, ela o inclina para se proteger da gozada! Ao mesmo tempo, ela não gosta do coito. Ela gostaria que a mulher conseguisse engravidar sem ter que praticar essa ginástica compulsória. Ela sempre hesitava quando eu queria transar com ela, tentando me convencer a mudar de ideia. Quando eu insistia e ela percebia que não havia escapatória, dava um jeito de me masturbar com a mão sem ter que tirar nenhuma peça de roupa. Se não gostava de mim, então por que se casou comigo? Ela me odiava, talvez, do mesmo jeito que a mãe odiava o marido? Afinal, é filha dela!

Senhor!

A mãe dela, uma mulher já bastante idosa, setenta anos ou mais, que só gosta de Sabah e das que se parecem com ela, como a atriz Nidal Al-Achkar ou a escritora Hanan Al-Shaykh. Isso significa alguma coisa!

Isso significa muito! E a filha puxou a mãe. Eu tirava sarro daqueles que ficavam com o pé atrás de se casar com uma moça cuja mãe não tinha uma boa reputação, afinal os provérbios e ditos sábios não aparecem do nada. É com grande pesar que acabamos enxergando a verdade tarde demais.

O que é vergonhoso não é o fato de a mãe da minha esposa gostar das músicas da Sabah, eu também gosto, mas a maneira como ela expressa seu êxtase ao ouvi-la é deplorável.

Sabah se casou e se separou diversas vezes e agora, com quase oitenta anos, está casada com um jovem com idade para ser seu neto, além de já ter tido maridos de todas as religiões, crenças e nacionalidades... Ela é o modelo para a mãe da minha esposa. Em resumo e para ser claro, é isso.

Desde o começo do dia, essa mulher idosa já dá início aos preparativos para a noite, até o momento de se divertir, vendo e ouvindo Sabah. É algo que faz a gente pensar. O marido fica dormindo e precisa rezar para que nada lhe aconteça nesse meio-tempo, do contrário poderia até morrer sem que nem ela nem ninguém se desse conta. Certa vez, ela disse a ele: "Veja se não fica me chamando esta noite, porque eu não estou! Finja que não estou aqui hoje à noite!". Outra vez, quando ela estava vendo Sabah, ele tossiu a ponto de sufocar e ela nem aí para acudi-lo.

É demais!

Todo esse êxtase pagão nessa etapa da vida é assustador, inaceitável, muito questionável, sobretudo porque a questão não é apenas o amor que ela tem por Sabah, mas uma característica que está nela, na base do seu ser, porque ela gosta de toda mulher que foge do convencional de uma forma ou de outra. É o caso de Nidal Al-Achkar, mesmo sem gostar de teatro, e na verdade Nidal Al-Achkar é atriz e diretora, mesmo assim minha sogra gosta dela e acompanha suas notícias porque Nidal tem "personalidade forte!" e se comporta nos lugares públicos e, principalmente, na tela da televisão, de um modo que provoca inveja até nos homens mais fortes (e ao mesmo tempo ela é mãe e esposa!, diz ela em resposta aos seus críticos).

Quando ouviu a romancista Hanan Al-Shaykh falar abertamente, na televisão, sobre sua relação amorosa com Ihsan Abdel Quddous quando estava com menos de vinte anos, e ele com quarenta e cinco ou por volta disso, e ainda por cima casado e com filhos, ao passo que ela era solteira, minha sogra enlouqueceu completamente e não conseguiu mais sentar direito no sofá, de modo que derrubou uma xícara de chá que estava diante dela, mas não deu a mínima: obrigou a filha a se levantar para secar o chão e juntar os cacos enquanto ela continuava acompanhando a história, encantada e fascinada.

Como as histórias da Sabah são lindas! Pelo menos Sabah se casou no fim da história, mas Hanan Al-Shaykh amou por amar.

A arte pela arte! Isso é o que a mãe da minha esposa prefere a qualquer outra coisa! Mas, além desse gosto refinado, ela só gosta de conviver com mulheres que sejam "diferentonas". As agraciadas com essa denominação são as que estão envolvidas em mexericos, como é o caso da vizinha do prédio da frente, de quem ela gosta de todo coração: só de vê-la e encontrá-la é como se o dia tivesse clareado e iluminado seu rosto. Dizem que essa vizinha tem um filho homem de trinta anos, engenheiro no Golfo, que não é do marido, e os custos da sua especialização foram pagos pelo pai biológico, isto é, o amante. Não tenho ideia se a mãe da minha esposa comentava esses assuntos com ela, mas não há a menor dúvida de que gosta dela e se alegra de verdade quando a encontra, por causa desses mesmos assuntos.

"Fique, ainda é cedo!" é o que ela diz para minha esposa quando ela começa a se levantar para ir embora, mesmo que esteja chegando a hora do almoço e ela ainda não tenha preparado nada. Além disso, quando lhe sugere que fique, é sempre de coração; fica abatida quando a filha vai embora e sente certo vazio, sendo tomada por uma leve tristeza.

É isso! Minha esposa tinha que ter herdado a falta de pudor de algum lugar, não herdou essa vulgaridade do nada.

Da primeira vez, ela me disse, depois que insisti muito: "Ok, tá bom, vem cá pra eu trocar seu óleo!". Falou comigo como se eu fosse um motor de carro! Dá pra imaginar uma recém-casada que responde ao marido dessa forma?! Ou será que ela quer ser o tipo de mulher de que a mãe gosta: "de personalidade forte"?!

Quando percebeu que eu estava a ponto de ejacular, ela virou a cabeça "dele" para a direção contrária do seu rosto. Esse seu modo de prevenção me surpreendeu, então eu lhe disse francamente que estava chocado, não pude deixar de falar aquilo que sentia, mas, de forma totalmente calma e inocente, disse em tom jocoso: "Você é uma especialista em prevenção!". Quando ela olhou para mim com dúvida e surpresa, eu lhe disse sorrindo, quase rindo, para que entendesse que era apenas uma brincadeira e que não havia nada nas entrelinhas:

"Você é especialista em se esquivar de saias-justas!". Ela virou o rosto como de costume e respondeu com raiva infundada: "É difícil viver com você!". Respondi: "Qual a necessidade de dizer isso? Foi só uma brincadeira!". Ela disse: "Brincadeira? Você é um homem desconfiado e não consigo viver com alguém desconfiado a esse ponto!".

A esse ponto?! Que ponto?! E com base no quê, ela diz que sou desconfiado? Seria desconfiança querer conhecer a esposa por inteiro? Levei na esportiva, com paciência, dizendo para mim mesmo: "Talvez essa mulher seja muito sensível a alguns assuntos, logo, mesmo a conhecendo há alguns meses, ainda não descobri ou entendi tudo nela, por isso vá com calma, homem! Afinal, agora ela é sua esposa e você está comprometido com ela na mesma medida em que ela está com você". E ainda disse para mim mesmo: "Ela tem que entender isso".

Pensei com meus botões, naquele momento: "Que estranho! Como ela pôde entender aquilo que eu quis dizer, e mesmo aquilo que eu não quis dizer, ou ainda coisas que fogem à minha imaginação? Como se deu conta de que eu estava atento à forma como ela empurrava a "cabeça" na direção contrária no momento exato, para desviar-se do meu sêmen e impedir que ele alcançasse sua roupa? Além do mais, ela se dera conta de que eu me perguntara em segredo como ela sabia que o sêmen sai com força e espirra longe! Isso só se sabe praticando! Tenho certeza disso e nada pode me convencer do contrário. Sem dúvida, ela está acostumada a fazer sexo sem deixar marcas. É a prática do sexo seguro. É especialista em transar sem se sujar, assim como algumas mulheres, daqui, certamente, e não como Meryl Streep e suas compatriotas, porque essas sim, nem se cobrem, nem cobrem nada, mas estou pouco me lixando, porque elas não são problema nosso. É como se diz por aqui: "Cada nação com sua farda". Como todas as mulheres por aqui, quer dizer, como algumas moças solteiras que se recusam a abrir mão dos prazeres mundanos, ela sabe muito bem fazer sexo sem deixar marcas no corpo ou na roupa.

Quando uma moça se deita com um homem na casa ou no apartamento dele, ela normalmente não dorme lá, já que isso não é permitido, então não há muito tempo para limpar a roupa. Nem mesmo um banho pode tomar, porque moças não tomam banho fora da casa em que vivem, só se forem diabas desobedientes! É por essa razão que elas recorrem a um modo limpo e seguro de transar.

E depois, se a moça preferir não sujar a roupa com sêmen, por mais que ame o homem com quem se deitou, é para que ele não veja com os próprios olhos uma marca dele nela, porque, se ela o vir olhando desse jeito, mais tarde será mais difícil negar que tudo aconteceu, se a necessidade surgir. E, certas vezes, a necessidade surge.

Então eu quis me certificar de que minha esposa não era diferente das outras moças solteiras nesse quesito, isto é, que algumas delas fazem por trás para se proteger, mas não consegui, e pensei que, se ela realmente não estivesse mentindo sobre não ter deixado o primo ir mais longe, quem sabe não tivesse permitido que ele utilizasse o corredor de segurança, por onde não se temem a gravidez e seus riscos, além de não ter necessidade de assumir que houve penetração ou que ela se costurou depois. Afinal, a cópula por trás permite que se mantenha o silêncio a respeito sem ficar com a consciência muito pesada.

Ela chorou da primeira vez que tentei meter nela por trás, apesar da minha insistência ter sido breve. De certo modo, fiquei mais tranquilo quando ela chorou, pois o choro aqui talvez se devesse ao pudor feminino ferido, e isso é um sinal positivo. Não fui opressor, pelo contrário, porque tudo o que eu queria era acreditar no que ela dizia e nos seus sentimentos, esse era meu sonho; afinal, se não era para ser minha mulher, minha esposa e minha cara-metade, o que seria então?

Uma vez ela me disse, quando eu tentava surpreendê-la, já um pouquinho dentro, que aquilo a deixava com vontade de ir ao banheiro. Que romântica!

Perguntaram a uma *socialite* árabe, durante uma entrevista em língua árabe, conduzida por um jornalista árabe, se ela mantinha uma relação sexual *relax* com o marido, e ela respondeu com toda a simplicidade e clareza que, quando estava com o marido na hora certa, não sentia que houvesse tabus de nenhum tipo, de modo que o marido poderia copular com ela onde, como e quando quisesse. (*Nesse momento sorriu*) — escreveu o jornalista entre parênteses, e acrescentou na matéria que aquele sorriso era devido à semelhança do discurso dela com o das propagandas na televisão libanesa conduzidas por uma jovem linda e provocante. A propaganda era de uma empresa de tevê a cabo e queria mostrar que a empresa estava pronta para conectar quem quer que fosse com os melhores canais árabes e internacionais por meio da transmissão a cabo, onde quer que residisse. A moça dizia de forma atraente em dialeto libanês: "Onde quiser! Como quiser! Quando quiser!". Enquanto isso, ela aparecia sentada, de pé ou deitada de acordo com a frase, insinuando que o assunto era ela mesma, com seu corpo provocante e cheio de feitiço.

Então a senhora disse, com toda a ousadia, respondendo a uma pergunta feita pelo jornalista que queria se mostrar e constrangê-la: "Você quer dizer por trás? E por que não? É algo com que eu estava acostumada nos tempos de solteira, assim como muitas das nossas meninas que estão solteiras (!), até que me habituei e passei a gostar, por que não iria gostar agora, depois de casada?".

Será que essa *socialite* é diferente da senhora minha esposa, que gosta apenas desse tipo de notícia, que lê nas revistas nas duas línguas, árabe e inglês? Sem falar nos programas de televisão e nos filmes transmitidos por satélite.

Avaliei que, se pudesse me certificar de que ela usava aquele lugar, sua mentira poderia fazê-la cair numa armadilha, desmentindo todas as suas alegações de castidade e compostura.

Ela se revoltou certa vez e disse: "O que você pensa que eu sou? Uma vadia?".

Mesmo assim, decidi compreender a verdade da seguinte forma: tentando descobrir se já tinham "pisado" a trilha dos fundos, como se diz no interior, ou seja, se esta já tinha sido utilizada para passagem. Vou pegá-la de surpresa e ela deixará cair todas as suas defesas, uma vez que a mulher imagina que o marido se tranquiliza por ela estar virgem, esquecendo e ignorando todo o resto. Ela de fato tem razão nisso, mas vou pegá-la no susto!

Então comecei a aguardar a oportunidade certa para examinar aquele lugar, não só com o toque, mas com a visão e o olfato, e, por que não, com o paladar também. No entanto, minha missão não foi fácil, pois, assim que sentiu que minha atenção se voltava para lá, ficou mais esperta. Mesmo assim, eu tinha tomado minha decisão e não havia força neste mundo capaz de me impedir.

Eu sabia, bem como sabem muitas pessoas, que em algumas situações os pais administram calmantes para os filhos, em doses calculadas, que não fazem mal à saúde, para que durmam, assim eles podem cuidar dos seus afazeres ou ter uma noite de sono. Normalmente se põe na mamadeira, mas eu coloquei numa garrafa de cerveja gelada, e minha esposa bebeu com vontade e me agradeceu, logo sentiu sono e foi para a cama. Então fui atrás dela dizendo, enquanto ela se deitava, que iria cuidar dela naquela noite até que adormecesse, e ela respondeu dizendo que eu fizesse o que bem entendesse, com a condição de deixá-la dormir. Essa condição possuía um significado implícito e profundo. O significado de deixá-la dormir era não ser obrigada a levantar para se lavar. Essa frase na verdade equivalia a dizer: "Não me suje". Naturalmente, a frase tinha um sentido direto e inocente que era seu próprio sentido literal, isto é, para que eu não a despertasse pois estava cansada. Nesse tipo de situação, em que eu me ocupava da minha esposa com carícias e massagem, com vários tipos de creme, ela amava tudo o que eu fizesse. Uma vez chegou a dizer: "Quem me dera você fosse meu massagista!" (no lugar de "meu marido"!), e eu recorria a esse meio várias vezes para conseguir o que queria.

Minha esposa dormiu muito rápido, como um bebê, entregando-se a um sono profundo. Comecei a acariciá-la imediatamente, como era costume: primeiro, acariciava e massageava suas costas, depois o resto do seu corpo até chegar às extremidades dos dedos dos pés (ela costumava adormecer sem efeito de calmantes enquanto eu fazia isso). Em seguida, concentrei-me no objetivo pelo qual estava fazendo todo aquele processo. Nosso quarto estava na penumbra, chegavam apenas as luzes da rua, o que proporcionava um clima agradável que não exigia nenhum outro tipo de iluminação, porém aquela luz não permitia ver os detalhes. Então recorri a uma pequena lanterna daquelas que nunca faltam em casa por causa das constantes e repentinas quedas de energia elétrica. Iluminei aquela região e a examinei. Era um ponto que exigia cuidado extremo, não havia ali um cabelo nem um pelo sequer, era como se fosse uma testa, uma bochecha ou um lábio, sei lá! Qual o propósito disso? O esforço gasto ali indicava que a região era visada certamente por parte dos visitantes importantes, na opinião dela! Recorri ao creme apropriado e a penetrei: a coisa se deu com total facilidade, ela não gritou, não se mexeu, não gemeu nem nada! Senhor! O caminho estava livre! Nem precisava do creme.

Mas qual o significado disso?

Este é um mundo cão e canalha!

No entanto, em vez de agir movido pela ira e lhe dar uma surra severa até estourar seus miolos, me vi incapaz de me retirar daquele lugar e recolher meus pertences, e, ao contrário do que poderia esperar, senti um prazer muito estranho e enlouquecedor, assim como nos raros momentos em que sentia que ela estava comigo e era minha; ejaculei dentro dela e a enchi de sêmen, que jorrou do mais fundo do meu ser, do que há de mais profundo em mim, de lugares geralmente neutros. Não consegui resistir a um prazer mil vezes mais forte que eu, e, mesmo que estivesse sob ameaça de morte ou aniquilamento, eu não sairia dali, não ejacularia no ar, no nada, numa toalha ou num lençol, nem num lenço de papel com bilhete de promoção, razão pela qual ela sempre chamava minha atenção ao ver que eu o jogava fora (quantas vezes limpei meu sêmen no bilhete de propósito, receando que ela tivesse a sorte de ganhar o tal carro).

Gozei dentro dela e não me arrependo.

Naturalmente, a catástrofe que já era esperada aconteceu no dia seguinte, quando ela despertou por volta das nove, duas horas depois de mim. Nesse meio-tempo, fiquei perdido, sem saber o que fazer. Permanecia em casa e enfrentava sua ira? E se ela percebesse em si mesma, ao se levantar, os vestígios da véspera? Ou seria melhor sair e voltar quando ela já tivesse se acalmado? De toda maneira, em qualquer dos casos eu teria que dar uma satisfação e não estaria a salvo da sua fúria.

Ela que fique brava, então!

E daí se ela ficar brava? Não sou eu o homem, afinal? Não tenho o direito de desfrutar da minha mulher onde eu quiser, seja de dia ou de noite? Ainda mais que não a fiz sentir dor, porque ela não sente dor lá, porque não era virgem de nenhum lugar, nem da boca! E será que um estranho tem mais direito sobre ela do que eu? Será que um estranho, que não é seu esposo, tem o direito de desfrutar dela onde o esposo não tem? Isso é absolutamente inaceitável.

Na verdade, o racional seria que ela me prestasse contas! De como e com quem. Será que ela também faz parte dos adeptos do sexo seguro!?

Decidi ficar em casa e aguardei até que ela despertasse, levantasse e visse os rastros deixados na véspera. Meu sangue começou a ferver ao relembrar o que vira e examinara na noite anterior, até que caí em mim de novo. Ela despertou e a ouvi se mexer, então entrei no quarto e ela me disse: "Estou me sentindo como se estivesse drogada". Em seguida, levou a mão até sua parte de trás, tocou-se e ficou pensando, esperei até que o combate se iniciasse, porém ela não disse nada e tentou dormir de novo. Contudo, finalmente ela se levantou e foi ao banheiro; tentei entrar também, apesar de saber que ela não suporta isso, pois o banheiro, na sua concepção, é um lugar muito particular, cuja privacidade é inviolável. Mas o fato era que eu estava procurando briga, pois não conseguia fingir que esquecera aquilo, permitindo que as coisas se passassem na maior simplicidade, sem que nos detivéssemos no assunto para pôr os pingos bem claros nos is. Depois de muito hesitar, eu disse a ela, como estopim para a briga, ou como abertura para o assunto, assim, se a discussão descambasse em briga não seria culpa minha, mas dela, dela que não consegue dialogar sobre assuntos sensíveis e essenciais no que se refere à nossa vida conjugal a não ser terminando tudo aos berros e gritos... então, depois de hesitar, eu disse: "Ejaculei tanto em você ontem à noite que só faltou você flutuar dormindo!". Ao pronunciar essa frase, me dei conta de quão feia e vulgar ela era, eu precisava ponderar mais na escolha das palavras antes de lançá-las assim de qualquer maneira, teria sido melhor dizer que havia passado um momento maravilhoso com ela na noite anterior, ou quem sabe insinuar o que fizera dizendo, por exemplo: "Não há lugar no seu corpo que não seja doce como o mel!". Ou: "Você é como uma fruta que o homem saboreia não importa qual lado a morda!". Entretanto, a frase maliciosa saiu de mim como se tivesse saído sozinha, como se tivesse escapado por uma vontade que não a minha. Aguardei a reação dela, que viria como uma tempestade que arranca os prédios da terra, e tomei as precauções necessárias, sobretudo porque já decidira havia um tempo que retomaria a iniciativa pouco a pouco, de modo que as coisas não escapassem completamente à minha vontade. Porém, sua reação não veio como eu esperara, e sim imensuravelmente pior. Sua reação veio de uma forma diferente, como um carro-bomba cheio até o talo de bombas nucleares e bacteriológicas. Ela disse:

— Gostou do cheiro?!

Senhor!

Será que existe no universo mulher mais vulgar? Será que existe no universo mulher mais venenosa? Conseguiria uma pessoa descer assim tão baixo?

Sua vulgaridade e sua baixeza não têm fim. Ela é mesmo uma mulher maligna. Apesar disso, eu disse para mim mesmo, com minha eterna convicção a respeito da importância do casamento: não temos o direito de tratá-lo como uma camisa que se joga fora quando não se gosta mais; tenho que levar a situação com calma, paciência, peito aberto e compaixão, ela é minha mulher apesar de tudo e eu sou o esposo dela apesar de tudo, ela é minha vestimenta, meu leito, a morada do meu prazer. Pensei numa resposta que não a provocasse, mas que levasse o diálogo a um resultado, pois no fim, bem no fim das contas, era o que eu queria. Queria chegar a um resultado. Queria saber quem é ela por completo e por inteiro, esse ser que eu tinha entre as mãos, que carregaria meu nome até o dia do Juízo Final. Queria saber o que ela estava escondendo, por medo ou por vergonha. Tirava meu sono o medo de encontrar um homem que a tivesse conhecido como a conheci, ou quem sabe até mais; tirava meu sono ele saber quem eu sou, sem que eu soubesse quem ele era, enquanto ele ria de mim em segredo, zombando de mim, gabando-se, pois ele simplesmente teria se negado a se casar com a moça com quem eu me orgulhava de estar casado. E por que ele teria rejeitado se casar com ela, depois de terem se relacionado como marido e mulher, ou algo próximo disso? Certamente ele deve ter se relacionado com ela dessa forma, e certamente ela aceitou que ele fizesse assim, e certamente ela deve ter sido bastante maleável nas mãos dele, por mais que tivesse dado uma de difícil num primeiro momento. É por isso que ele se negou a se casar com ela, pois aquela que se deixa desfrutar por inteiro por um homem antes do casamento aceitará fazer a mesma coisa com qualquer outro homem. O que ela preserva para o marido, pai dos seus filhos nesse momento? Sou homem e conheço a lógica dos homens, e essa é a lógica dos homens, é a mesma lógica que guiou meu comportamento com as moças ao longo de toda a minha vida. Eu a informei desde nossos primeiros encontros sobre essas questões, contei sobre todas as minhas experiências nesse sentido, narrei os acontecimentos com detalhes, até que meu posicionamento ficasse claro para ela; contei propositalmente, em especial, como fora o dia seguinte ao meu encontro com a moça com a qual fiz sexo com certa liberdade tempos atrás, e em seguida contei para ela como fora encontrar essa moça depois de casada e como fora curioso o modo como ela se comportara. Ela estava casada e com dois filhos. Quando a encontrei, ficou vermelha e olhou em volta antes de me cumprimentar de longe sem dar a mão, porque não estendi a mão para ela nem ela para mim, porém a mulher ficou sorrindo, quase rindo, durante nosso encontro, que não durou mais que dois ou três minutos. Ela me disse: "Sorte a sua! Você ainda é solteiro e sem responsabilidades! Você nem tem filhos pelos quais se responsabilizar!". Disse isso rindo nervosamente, como se estivesse tossindo. Havia uma tensão entre nós, porém meu nervosismo foi diminuindo, assim como o dela, então me senti à vontade com ela e ela comigo. Eu lhe disse: "Você está arrependida?". Ela respondeu: "Não, mas..."; eu não deixei que ela completasse e perguntei: "Você não está feliz com seu marido?", e ela respondeu: "Estou, mas...!", e aqui lhe perguntei: "Você acha que se tivéssemos nos casado teria sido melhor para você?". Minha intenção era criar uma cumplicidade entre mim e ela com relação ao seu esposo, talvez como uma oferta de estabelecermos uma relação amistosa fora da prisão do casamento. Aí a mulher ficou vermelha, verde, amarela e de todas as cores possíveis, uma lágrima escorreu dos seus olhos e ela caiu aos prantos e me disse, no que parecia um grito sufocado: "Você se acha melhor que o meu marido?". Então olhei para a direita e para a esquerda para me assegurar de que não havia ninguém à volta e fui embora, não sem antes dizer: "Não, não, não foi isso que eu quis dizer, só perguntei por perguntar!".

"Por que você disse isso?", questionou minha esposa. "Você queria se oferecer para ela como se fosse um travesseiro seguro sobre o qual ela poderia deitar a cabeça quando estivesse cansada do marido insuportável e dos filhos que exigem uma responsabilidade difícil de aguentar, especialmente para as pessoas sensíveis e delicadas, as quais dão tudo o que têm e o que não têm para os filhos? Você a estava consolando, então!", disse minha esposa. "Você é um homem bom que entende a fundo por que as mulheres que são mães sofrem."

Depois de me certificar de que estava longe dela, de que ela estava afastada da minha vista, perguntei-me por que a mulher havia explodido de raiva, uma vez que estava feliz quando nos encontramos, e isso ficou claro no sorriso que refletia seus sentimentos com sinceridade. Mais tarde, perguntei-me o que ela teria querido dizer com "você se acha melhor que meu marido?". Será que quisera dizer que sou ruim como ele, ou que ele é realmente melhor e que ela está feliz com ele?

Se havia uma parte da história que eu queria que minha esposa soubesse era o seu início, e era nessa parte que eu queria me deter. Assim que conheci a moça, senti que ela estava a fim de mim, e eu também sentia algo por ela, embora não no mesmo grau. Esta era a política que eu seguia: a de não ser guiado por meus sentimentos em relação a uma moça que me conduzia para onde eu não queria. Então nos encontramos no café, primeiro com nossos amigos e um tempo depois a sós, até que um dia eu a convidei para ir à casa de um dos nossos amigos, que me dera a chave do seu apartamento, ausentando-se para que eu tivesse um pouco de privacidade; ela aceitou e aconteceu o que tinha que acontecer entre nós, mas é lógico que do nosso jeito, dentro das tradições do nosso país e não do jeito dos ocidentais e do povo do cinema que chegava até nós, pois ela era virgem, é claro; mesmo assim nos despimos. Ela estava ensopada de suor, de tão excitada, tanto é que gozamos após poucos minutos desse contato pele a pele. Um pouco depois recomeçamos, o que é algo natural; no entanto, o que não foi natural, e que eu não esperava em absoluto, foi que — sem perder tempo e num ato espontâneo — ela caiu de boca em mim, e em poucos instantes começou a relinchar e soltar um ruído pelo nariz que se assemelhava a um mugido. Ela gozou enquanto estava me chupando! Ela conseguiu me chocar!

Gente! Um pouco de pudor também gera desejo e prazer.

Exatamente no dia seguinte, depois desse encontro, fui ao café para encontrá-la e ela já estava lá; muito arrumada, com suas melhores roupas e muito elegante, como se fosse o dia do seu casamento. Estava chique. Fiz que não a vi e me sentei numa mesa sozinho, longe dela, ao passo que ela estava em outra mesa sozinha, sem a companhia de ninguém. Desde aquele dia e até o dia em que nos encontramos por acaso na rua, isto é, seis ou sete anos depois, período em que ela se casou e engravidou de dois filhos, e apesar de nos encontrarmos de vez em quando, sobretudo antes de ela se casar, ela nunca mais falou comigo nem me dirigiu uma só palavra. Nem oi, nem tchau. Não voltou a me olhar nem mesmo quando estávamos a sós, obrigados, num mesmo lugar, como no elevador, ou na mesma mesa. Era como se para ela eu não existisse mais.

Não me sentei com ela no café no dia seguinte — era isso que eu queria que minha esposa soubesse — porque achava que ela tinha tido alguma coisa, um pouco antes do "nosso caso", com um dos clientes do café, a quem eu não respeitava e pelo qual não tinha um mínimo de consideração (bom, suponhamos que tivesse compaixão por ele, isso não mudaria nada); por isso, fiquei receoso de que ele aparecesse e nos pegasse juntos de surpresa, ela toda arrumada com aquelas roupas, ele poderia cogitar que houvesse algo entre mim e ela, poderia achar que fosse algo sério também, o que poderia levá-lo a se achar superior a mim pensando que eu estava feliz com as sobras dele!

Ou com uma das sobras! Porque ele tinha muitas.

Minha decisão não mudou desde então; na realidade não se trata de uma decisão, mas sim de algo natural, tanto quanto respirar é natural, ou a natureza é natural, e essa decisão é a seguinte: só vou me casar com uma moça que tenha cabeça, quero dizer normal, ou seja, que não tenha um passado repleto de libertinagem. Por outro lado, se for extremamente necessário que eu me case com uma garota que já manteve uma relação (digo uma e não várias), tal relação deve estar dentro dos limites do razoável, não sendo com alguém que frequente o mesmo ambiente que eu, assim não serei obrigado a encontrar esse sujeito todo dia, sobretudo se estiver na companhia dela.

Não mesmo!

Isso não pode acontecer.

Um dos meus amigos, professor de literatura árabe num colégio em Ras-Beirute, depois de pedir em casamento uma das suas alunas, me disse: "O mais importante, a meu ver, é que ela não tenha conhecido nenhum homem antes de mim e que eu seja o primeiro homem da vida dela; ou você quer que eu lhe ensine os versos do poeta Abu Tammam que estão no currículo escolar?".

Pode seu coração ir de um amor a outro
Mas só se ama o primeiro amor
Diversas moradas se pode ter e amar,
Mas falta sentirá eternamente da primeira

Para eu ser o segundo, ou o terceiro amor, ou sabe-se lá qual número? Não sou cabeça fechada a tal ponto, já que a mulher não nasceu para pertencer ao homem com quem se casa, e dizer algo diferente disso é um abuso inaceitável, pois obrigatoriamente ela vai conhecer outros jovens na vida e talvez conheça um pelo qual se apaixone, com o qual chegue a ter contato físico, o que é algo muito natural — e não tenho objeções quanto a isso —; no entanto esse contato físico deve permanecer dentro dos limites aceitáveis. Agora, quanto a ter sugado a virilidade de um rapaz pela boca, sem nem me advertir, isso já é algo que não consigo conceber nem suportar. Ao mesmo tempo, não quero lhe impor uma punição ou a impedir de qualquer coisa, de forma alguma. Ela é livre e eu também. Pode ser que eu aceite que práticas como essa tenham acontecido uma ou duas vezes, ou de tempos em tempos, caso o jovem tiver sido teimoso e insistente; porém, se for um desejo pessoal dela, e de um padrão permanente e contínuo, então já não é do meu caráter e com certeza não é do caráter da gente do nosso país também.

O corpo de uma moça tem mesmo é que ser possuído plenamente pelo marido. Esse é um presente valioso para o marido, que nele provoca uma impressão positiva pelo resto dos seus dias, estreitando os laços entre eles, como marido e mulher, laços que não se afrouxam nem se rompem.

Ela vai permanecer orgulhosamente esposa dele para sempre, de cabeça erguida, sem ser obrigada a desviar o olhar quando surgir a conversa sobre castidade antes do casamento. Seu esposo vai respeitá-la por convicção, e não por compaixão ou casualidade.

Quando pedi pela primeira vez à minha esposa que me chupasse, ela não aceitou, disse: "Não!".

Ela não disse: "Eu não gosto!".

Ela me deixou enciumado e com o pé atrás, pois se tivesse dito: "Eu não gosto!", eu teria entendido que ela não gosta disso em geral e em absoluto. Contudo ela disse apenas: "Não!", deixando o sentido obscuro e indefinido, uma vez que esse "não" pode significar que ela se recusa a fazer isso apenas comigo! É nos pequenos detalhes que se esconde todo o sentido das coisas.

Quando pedi de novo, alguns dias depois, ela respondeu: "Não!". Não deixei o assunto quieto como da primeira vez, mas quis discuti-lo para saber o motivo. Esse é um direito meu. Não era minha intenção fazer terrorismo com ela, pois sou dessas pessoas que compreendem essas coisas e que conseguem assimilá-las como um todo, isto é, que uma mulher se negue — mesmo sendo sua esposa — a ser sua escrava na cama, isso é algo do ser humano que não discuto, mas vou além: quando ela se negou a fazer o que lhe pedi, senti profunda satisfação. Afinal, gosto da mulher que tem pudor, e essa é uma característica que reconheço em mim. No entanto, o que me preocupou foi sua resposta nas duas vezes: "Não!". Ela não acrescentou nada, não disse, por exemplo — pelo que entendo —, que era algo de que não gostava em geral ou de que não suportava em geral. Se ela tivesse dito algo do tipo, meu coração teria ficado tranquilo, mas, quanto ao fato de ela não ter dito isso por si, de forma espontânea, pode ser uma evidência perigosa, sobretudo porque não sou um homem ignorante nesse assunto específico: já li e ouvi que algumas mulheres fazem isso com alguns homens e com outros não, e até com satisfação e por iniciativa própria com homens que não são seus maridos, como aconteceu comigo, e o fato de serem incapazes de fazer isso com os maridos é o que me deixa louco!

Não consigo suportar uma ideia destas: que ela possa ter feito com outro homem e não consiga fazer comigo, eu que sou seu marido e pai dos seus filhos. Não consigo suportar uma ideia dessas, é impossível, essa simples rejeição parcial da sua parte poderia expressar uma rejeição essencial, interna e profunda, por isso eu a obriguei na terceira vez, claramente à força, sim, à força e sem hesitar, porque o marido deve deixar claro para sua mulher que ele é o homem, pelo menos uma vez, ainda mais se essa comprovação não causar danos nem machucar, não deixar marcas ou qualquer coisa do tipo. E depois o homem tem que invadir sua esposa numa das áreas pela qual ela nutre zelo especial, para que ela sinta que esse marido é um homem na plena acepção da palavra, que ele pode tudo e que o dever de obedecer a ele é fundamentado e sólido, e para que ela sinta principalmente que é sua e que no fim das contas, de certa forma, é propriedade dele. A própria mulher exige isso no seu íntimo, porque é algo de que tem extrema necessidade. E se Deus criou o homem como um ser mais forte que a mulher foi por um motivo, motivo que se revela em ocasiões do tipo. Certamente, Deus não criou nada em vão.

Ela se opôs muito antes de eu forçá-la, tentou se esquivar, mas eu já tinha tomado a decisão, não havia força neste mundo capaz de me deter e de subjugar minha vontade; minha aposta era muito alta e merecia qualquer sacrifício, ou ela aceitava seriamente que eu era seu marido ou ficava como estava, tratando a situação com leviandade, sem me obedecer e dormindo a hora que quisesse na casa dos pais, passando dias lá, sem levar em consideração nenhum desejo meu. Sua ira chegou ao limite quando gozei antes de sair da sua boca, como ela queria que eu fizesse. Ela não me mordeu, porque sabia que eu racharia seu crânio se ela seguisse a cabeça dela e cometesse um erro tão desonroso. Em vez disso, fez algo mil vezes pior: assim que relaxei, depois do meu jato de sêmen, ela se levantou feito louca e juntou sua boca na minha, mas não para me beijar, e sim para me obrigar a provar meu esperma!

"Prove o seu sabor!", ela disse. (*Sente o gosto que você tem*, foi isso o que ela disse na verdade, na fala popular!)

Senhor!

Essa puta, filha de uma puta, descendente de todas as putas!

Quis se vingar de mim, tentando verter na minha boca todo o sêmen que tinha na sua boca e que foi criado por Deus para ela e feito por Deus para que ela o recebesse e fosse seu escoadouro.

Às vezes, digo que muito do que foi escrito nos antigos livros sobre o homem e a mulher é verdade! E que, como somos filhos destes tempos, frequentemente somos injustos com esses livros quando os julgamos com leviandade e sem dó, pois não nos damos conta, no nosso julgamento, de que foram embasados nos mesmos princípios que Deus utilizou para criar a natureza. Certa vez, apareceu num desses livros que é errado a mulher ficar por cima do homem, porque o sêmen é como todo líquido e corre de cima para baixo, como é natural. Assim, o melhor tipo de coito é aquele em que o homem fica por cima da mulher, deitado sobre ela, depois de acariciá-la e beijá-la, ao passo que a pior maneira é aquela em que a mulher deita sobre o homem e ele a penetra virado para cima, não sendo essa a forma natural para a qual Deus criou o homem e a mulher, uma espécie de macho e fêmea. Naturalmente a mulher é passiva e, caso seja ativa, infringirá a norma.

Trata-se de uma sabedoria esplendorosa, de simplicidade tão evidente!

Há coisas que permanecem imutáveis por mais que o ser humano progrida e por mais que os tempos e o lugar mudem; contudo, o importante é que saibamos contemplá-las bem e não as tomemos pelas aparências. O respeito à mulher é um dever indiscutível, assim como o fato de o marido desfrutar da esposa e a esposa do marido também é algo indiscutível, mas dentro dos limites estabelecidos que só enxerga bem aquele que quer ver. Se o homem e a mulher estiverem em harmonia, é um direito dos dois desfrutar do que quiserem, onde quiserem, como quiserem etc.; mesmo assim o olho deve permanecer atento aos limites estabelecidos — e ainda que esses limites não sejam respeitados, pelo menos o ser humano deve saber o que aconteceu com eles, o quanto se afastou e o quanto se aproximou deles. Por mais que os novos tempos mudem e os costumes e as tradições ocupem outro lugar, o homem permanecerá homem e a mulher, mulher. A mulher deve sempre, em toda circunstância, responder ao marido quando ele a chamar, e deve a ele obedecer nos momentos decisivos, mesmo que essa obediência a sobrecarregue psicologicamente, pois essa sobrecarga psicológica é recompensada depressa, assim que a mulher vê que seu marido retoma a calma, a compaixão e a castidade. Ele necessariamente as retomará. O fato de ela pular sobre ele como uma louca para se vingar, derramando na boca dele o que ele depositou na sua boca — à força e com ódio — é realmente inaceitável.

Quando um pouco daquilo que ela tinha na boca caiu na minha, fiquei chocado com o gosto, o sabor e o cheiro; não senti que era sujo, mas algo além disso, mais profundo que isso, como que imundo, senti-me violentado, então cuspi nela o que estava na minha boca e a empurrei, fazendo-a cair no chão e se machucar; em seguida, ela se levantou e saiu batendo a porta com força sem me dizer para onde estava indo, porém eu já sabia, obviamente. Afinal, para onde ela iria numa situação como aquela senão para a casa da mãe, que pariu uma filha igualzinha a ela? Só a mãe a ouve, a conforta e conspira com ela. Seja como for, sua mãe ama esses assuntos em geral, imagine quando acontecem com a filha, então!

Perguntei à minha esposa, certa vez, a respeito do afeto que unia sua mãe àquela amiga com quem se dava tão bem, e ela respondeu: "Pássaros semelhantes voam em bando". Fiquei espantado e deixei bem claro o motivo do meu espanto, e ela me respondeu de forma sábia e concisa: "Nunca ninguém abriu o coração dela para saber o que há dentro!". Contudo, retruquei dizendo que parecia haver evidências muito claras, mas ela respondeu: "Ninguém sabe o que há dentro do coração do ser humano. Às vezes, mesmo aquilo que o ser humano faz não indica o que há no seu coração". Fiquei impressionado com a sabedoria profunda que minha esposa demonstrava, então me contive e me calei! Na verdade, me calei porque senti, dentro do meu coração, que ela estava defendendo a si própria, mais do que a sua mãe, ou, no caso, a amiga e a mãe. Afinal, ela está acostumada — como é do seu feitio — a se meter em tudo, como se lhe dissesse respeito e estivesse diretamente contra ela. Por exemplo, certa vez, quando ainda não éramos casados, perguntei qual era o motivo de todo aquele fascínio por Sabah, referindo-me à sua mãe, e ela respondeu: "E o que você tem a ver com isso?".

Ah, então ela também gostava da Sabah! Eu não tinha me dado conta de que ela gostava tanto assim!

Não estou dizendo que sou santo e sei que não tenho o direito de ofender ninguém, mas todo aquele que tenha um pingo de inteligência e saiba usá-la não pode se privar de relacionar essas características e chegar a uma conclusão quanto ao que significam! Além do mais, a mãe não reza nem jejua e muito menos invoca o nome de Deus. Todas essas características estão reunidas numa senhora de idade, e não num homem, e são algum indício, sem dúvida, alguma prova.

    Entre minha esposa e a mãe há muita semelhança. Digo francamente que, quando ela foi embora de casa e me deixou sozinho, apesar de toda a dor que eu sentia — eu dizia para mim mesmo —, havia algo positivo em ela ter me deixado e no divórcio em si, pois ela não envelheceria na minha casa, não se tornaria sua repulsiva mãe. Meu coração tinha algo de preocupação, de pesadelo, só de imaginá-la envelhecendo e se tornando o que a mãe é agora. Principalmente pela imensa semelhança entre as duas, o que faz com que todo aquele que as veja não tenha a menor dúvida quanto a estar diante de mãe e filha.

    Essa forte semelhança física não pode deixar de ser um indicador de semelhança interna e de características comuns entre as duas. Esse desejo permanente da filha em ficar na casa da mãe dia e noite é uma evidência. Além do mais, a completa cooperação entre as duas, que se manifestou nas formas mais brilhantes depois de ela ter deixado sua casa, também é uma evidência, a maior delas. Hoje consigo falar sobre a conspiração das duas com a consciência tranquila — e não apenas sobre sua ação coordenada. Hoje elas estão conspirando contra mim, visto que, ao ligar para falar com minha esposa, a mãe atende com toda a malícia: "Ela ainda não voltou!" ou "Daqui a meia hora ela está de volta!", tentando se comportar de modo a inspirar neutralidade, como se o que está acontecendo dissesse respeito apenas a mim e à sua filha, e que ela, apesar disso, implora incansavelmente que as coisas se resolvam entre nós e que sua filha volte para a casa do marido. Contudo, certa vez, quando liguei, ela respondeu que a filha estava na praia. Fiquei sem palavras, de maneira que quando ela percebeu que eu havia parado de falar pensou em desligar, no entanto logo ordenei: "Espere, um momento"; e depois de um instante falei: "Será que ela tem o direito de se comportar com tanta leviandade?". Ela respondeu: "Isso não me diz respeito, e, mesmo que eu desejasse impedi-la, não poderia. Você sabe tanto quanto eu, ou até mais, que ela ama a praia e que ela adquiriu esse hábito no auge da guerra, da privação e da aflição. Você não está lembrado?". Respondi: "Isso não me importa, o que me importa é o que está no ventre dela!". Então a mãe dela se calou.

"Alô?"

"Eu estou te ouvindo, mas o que você quer que eu diga?"

É estranho como essa mãe se comporta! Afinal, uma mãe, qualquer mãe, normalmente não fica em silêncio quando o assunto é uma desavença entre a filha e o genro, ou ainda diante de um assunto sério como a filha ir embora do seu lar conjugal, ou ainda mais a questão da gravidez, pois a filha está grávida! Ela foi a primeira a saber do fato, quando a filha ligou para contar chorando que a menstruação não tinha vindo, descrevendo-me como um monstro, ao passo que eu — brilhante e inteligente — acreditei no quanto ela era inocente!

"Quero que lhe diga que o que está no ventre dela não é propriedade exclusiva dela!"

"..."

"Alô?"

"Sim, estou ouvindo, mas o que posso fazer?"

É estranho também que essa mãe — para ser franco — não tenha intervindo nem um pingo no caso em que alegaram que eu teria tentado estuprar a costureira das cortinas. Não se intrometeu no caso nem para o bem nem para o mal, embora, por não ser uma mulher reservada, sempre tenha se metido em assuntos que não lhe diziam respeito. Tentou, por exemplo, intervir a favor da filha quando eu tentava convencê-la a voltar para casa para podermos dormir juntos, e por essa razão inventava desculpas insidiosas para que ficássemos na casa dela, todas desculpas infundadas do tipo: "Já está muito tarde" ou "Esta casa (isto é, a casa dela) sem meus filhos me aterroriza. Hoje à noite vai passar um programa lindo na televisão, fiquem para assistir", e coisas do gênero.

Contudo, fiquei sabendo há pouco tempo, por minha mãe, de um comentário que ela fez. Minha mãe finalmente começara a captar a situação, o que tornou impossível manter as coisas afastadas do seu conhecimento e do seu interesse.

Minha mãe me informou que a mãe dela dissera: "A mulher tem que suportar todo esse sofrimento para ter um homem?!". Acredito que essas suas palavras estão corretas no que diz respeito a ela, porque — e foi o que contei à minha mãe — ela não é daquelas que acreditam que a mulher precise arranjar um homem a todo custo! Estou certo de que ninguém é capaz de imaginar a que ponto ela se arrependeu de ter se casado, pois declara que não é muito apegada ao marido, e o que dizia à amiga íntima — enquanto eu escutava — era que o marido não tinha nenhuma iniciativa, que se jogava na cama de olhos fechados deixando ela fazer o que quisesse: "Casei com um menino e não com um homem!". Ela não o sentiu como homem no sentido pleno da palavra nem um dia sequer: "Ele era 'bonzinho', de bom coração, generoso, prestativo, um ser humano honesto, tudo o que você quiser, menos um homem". E sempre acrescentava: "Nossa geração teve que aguentar!", e contou para a amiga sem timidez alguma — rindo feito as vadias desses filmes de tão alto nível — que ele, quando gozava, gemia chamando a mamãe como num pedido de socorro, em voz baixa, como se tivesse medo de que alguém o escutasse. "Como eu queria que ele me fizesse sentir mulher e como eu, pessoalmente, queria me sentir mulher. Nunca fui só uma mulher, mas várias. Sempre estive faminta por uma refeição suculenta e só recebi algo para beliscar."

    Esse sentimento pelo marido deve, certamente, ter contaminado a filha, que não dá ao pai a atenção que merece um pai, um genitor; nem devota ao marido os sentimentos que um marido merece.

    Não acredito que ela não interfira junto à filha na questão da gravidez, não posso acreditar que permita que a filha se comporte como bem entende e que a deixe ir à praia expondo a criança que carrega no ventre ao perigo; teria ela tomado as devidas precauções? Mesmo eu, que não tenho experiência no assunto, sei que a mulher grávida deve sempre ter cuidado; então como ela não sabe disso, tendo dado à luz vários filhos? O que há por trás disso?

O que há?

O que há, simplesmente, é que minha esposa abortou!

Senhor!

Minha tia não negou que sabia da gravidez da minha esposa. No entanto, manteve silêncio quando lhe perguntei por que ela e a mãe se comportavam daquela forma quando eu perguntava sobre o assunto, como se eu perguntasse a respeito de algo de que nunca tinham ouvido falar. Até quando a situação vai permanecer assim? Ela está agora no fim do segundo mês de gravidez, então até quando vai tentar esconder? Não teria sua barriga começado a se arredondar ainda? Seu peso não teria aumentado? Os amigos não teriam comentado que ela fica bem grávida?

Não, não aconteceu nada disso, porque ela fez um aborto! Foi isso o que minha tia acabou me revelando, depois de esconder o fato de mim por uma eternidade que durou três longas semanas. Ela abortou e ficou vários dias de repouso para recuperar as forças, e em seguida viajou para a casa dos irmãos, no Golfo.

Senhor!

Não era isso que preocupava minha tia — o aborto, digo. O que ela queria era resolver a questão pendente entre mim e o irmão da costureira. Toda vez que eu ligava, ela perguntava se eu já havia resolvido a questão, e eu sempre a tranquilizava, porém ela nunca ficava tranquila. Sua insistência foi tanta que chegou ao ponto de se oferecer para arcar com os custos do acerto de contas, qualquer que fosse o valor a ser pago.

Título original em árabe
تصطفل ميريل ستريب | Tistifil Meryl Streep

© Rachid Al-Daif, 2001

A primeira edição em árabe foi publicada pela Riad El-Rayyes Books, em 2001, em Beirute.

Editora Heloisa Jahn
Coordenação editorial Laura Di Pietro e Juliana Farias
Preparação de texto Safa Jubran e Silvia Massimini Felix
Revisão Claudia Cantarin e Juliana Bitelli
Capa e projeto gráfico Marcelo Pereira | Tecnopop
Diagramação Valquíria Palma

Este livro atende às normas do Novo Acordo Ortográfico em vigor desde janeiro de 2009.

Dados internacionais de Catalogação na Publicação (CIP)

A361e

Al-Daif, Rachid, 1945-
    E quem é Meryl Streep? / Rachid Al-Daif ; tradutor: Felipe Benjamin Francisco. — Rio de Janeiro : Tabla, 2021.
    192 p. ; 21 cm.

    Tradução de: Tistifil Meryl Streep.
    Tradução do original em árabe.

    ISBN 978-65-86824-12-4

    1. Ficção árabe. 2. Relações interpessoais – Líbano - Ficção. 3. Líbano – Condições sociais – Ficção. I. Francisco, Felipe Benjamin II. Título.

CDD 892.736

Roberta Maria de O. V. da Costa — Bibliotecária CRB-7 5587

[2021]
Todos os direitos desta edição reservados à
Editora Roça Nova Ltda
+55 21 997860747
editora@editoratabla.com.br
www.editoratabla.com.br

ESTE LIVRO FOI COMPOSTO EM MINION PRO,
PROJETADA POR ROBERT SLIMBACH,
E IMPRESSO PELA GRÁFICA VOZES EM JUNHO DE 2021.